내가 가진 오늘을 살아갑니다

NO CURE FOR BEING HUMAN: (And Other Truths I Need to Hear)
by Kate Bowler
Originally published by Random House,
an imprint and division of Penguin Random House LLC, New York.

Copyright ⓒ 2021 by Kate Bowler
All rights reserved.

Korean Translation Copyright ⓒ 2024 by The Business Books and Co., Ltd.
Korean edition is published by arrangement with
United Talent Agency, LLC, New York through Duran Kim Agency, Seoul.

내가 가진
오늘을
살아갑니다

:

서른다섯,
눈부신 생의 끝에서
결심한 것들

케이트 보울러 지음 | 서지희 옮김

북라이프
booklife

옮긴이 | **서지희**

한국외국어대학교 독일어과를 졸업했다. 현재 번역 에이전시 엔터스코리아에서 출판 기획자 및 전문 번역가로 활동 중이다. 옮긴 책으로《시크릿 회복탄력성》,《타샤가 사랑한 요리》,《심연 속으로》,《하루 1장, 기억하기 쉬운 세계사》등이 있다.

내가 가진 오늘을 살아갑니다

1판 1쇄 인쇄   2024년 9월 3일
1판 1쇄 발행   2024년 9월 10일

지은이 | 케이트 보울러
옮긴이 | 서지희
발행인 | 홍영태
발행처 | 북라이프
등   록 | 제2011-000096호(2011년 3월 24일)
주   소 | 03991 서울시 마포구 월드컵북로6길 3 이노베이스빌딩 7층
전   화 | (02)338-9449
팩   스 | (02)338-6543
대표메일 | bb@businessbooks.co.kr
홈페이지 | http://www.businessbooks.co.kr
블로그 | http://blog.naver.com/booklife1
페이스북 | thebooklife
 ISBN 979-11-91013-69-6   03840

✦
✦
✦

지금의 내가 있도록 지탱해 준
나의 비팀목
첼시와 캐서린에게

작가의 말

대부분의 회고록이 그렇듯 시간이 흘러 미화되고 왜곡된 기억이 있을 수 있다. 나는 과거를 해석하는 역사학자로서 소명감을 가지고 집필하고자 최선을 다했다. 나의 암 진단 결과와 치료 과정을 가능한 한 정확하게 재구성하기 위해 진료 기록, 일기, 인터뷰 내용에 많이 의존했다. 책에 등장하는 친구들과 주변인의 사생활을 보호하기 위해 신상정보를 수정했고 이름을 린다, 케이틀린, 카트라이트 박사, 데릭, 스티브, 패트릭, 맥스 등으로 바꿨다.

차례

들어가며

    나는 역사학 교수이기에 '운명이란 없다'는 의미를 뼛속 깊이 이해한다. 역사는 불확실한 미래에 관심을 가지고 끊임없이 연구한 사람들에 의해 만들어진다. 어떤 신성한 별들이 운명처럼 그들의 앞길을 밝혀 준 것이 아니다. 선택이 결과를 만든다는 건 대부분의 사람들에게 희소식처럼 들린다. 그래서 우리는 선택하고, 선택하고, 또 선택한다.

    내가 아기를 낳기 전, 암 진단을 받기 전, 팬데믹 전 그리고 그 전… 진지하고 영리하며 무지했던 그때의 나는 삶이 선택의 연속이라고 생각했다. 그리고 내가 선택한 대로 살았다. 더 이상 선택한 대로 살 수 없게 된 어느 날까지는. 그렇게 무한한 선택의 부담을 기꺼이 감당했건만 암에 걸린 후 내가 선택할 수 있는 게 거의 없다는 사실을 깨닫게 되었다. 나는 내몸, 내 집, 내 삶에 갇혀 있었다.

미국 문화에는 완벽한 삶을 만들어 가는 방법에 대한 대중적인 이론들이 널리 퍼져 있다. 자신의 한계를 극복하는 방법만 익히면 모든 것을 이룰 수 있다는 것이다. 받은 메일함의 저 아래나 침대 머리맡 탁자에 쌓인 자기계발서들 속 어딘가에 무한한 가능성이 숨어 있다. 그 무한한 가능성이 당신을 몰아붙인다. 막히는 도로 위에서 운전대를 잡은 채 새로운 호흡법을 시도하며 마음을 진정시키라고, 동트기 전 몇 분 짬을 내서라도 운동하라고.

나는 무한한 발전에 대한 가이드들을 공항 매점에서 자주본다. 그중에는 내 삶에 관한 하나님의 유일한 계획과 목적을 밝히겠다고 약속하는 영적 가이드들도 있다. '하나님을 믿으면 길이 보일 것이다.'

또 어떤 책은 깊은 바닷속을 탐험하거나 산에 오르거나 비행기에서 뛰어내리는 등 격렬한 행동을 부추긴다. '카르페디엠'Carpe diem(현재를 즐겨라) 베스트셀러 《나는 4시간만 일한다》에서 제시하는 방법을 따라 하면서 틀에 박힌 일상에서 벗어나거나 주의를 산만하게 하는 요소를 제거하는 최신 연구 자료를 확인해 보라고 한다. 온몸에 전율을 일으키는 광경과 경이로운 건축물 사진으로 도배된 버킷리스트, 비효율을 뿌리 뽑는 루틴들을 적은 캘린더, 업계 전문가와 거물들의 명언으로 가득한 일기장… 모두 의미 있는 삶을 살고 끝맺는 방법이 담긴 유의미한 삶의 공식들이다.

하지만 진실은 내 안 어딘가에 있다. 삶에 공식 같은 건 없다. 우리는 살고, 사랑받고, 떠난다. 종양들은 내 동의 없이 내 안에 싹터 대장과 간으로 퍼졌고… 그게 나다. 삶은 우리가 원하는 대로 살아지지 않으며, 선택한 대로 되지 않는다는 생각이 들 때마다 나는 찰나의 공포를 느낀다.

우리 모두 살면서 원치 않는 일을 겪는다. 병에 걸리고 나이 든다. 아기를 갖거나 관계를 유지하는 것도 내 마음대로 되지 않는다. 원하는 학교에 진학하거나 바라던 직업을 가질 기회를 놓치기도 한다. 부모님은 우리가 그들을 제대로 알기도 전에 세상을 떠나고, 아이들은 우리가 준 사랑을 쉽게 잊어버린다. 우리는 누군가의 소중함을 깨닫기도 전에 그들을 잃고 만다.

나는 내가 독립적이라고 믿고 싶지만 사실은 덫에 걸려 있으며, 내 모든 선택이 나를 옭아맨다. 이게 좋은 결정일까? 이 선택이 지속될 수 있을까? 이 덫이 풀리면 누가 또 고통을 받게 될까?

나는 결코 독립적인 존재가 아니다. 지금 이 순간에도 남편 토번이 쿵쿵대며 복도를 휘젓고 다니는 소리, 곧이어 샤워기 수도관에서 치익 물이 흘러나오는 소리가 들린다. 내 발치에서 강아지처럼 담요 속에 몸을 웅크리고 있는 어린 아들 잭의 금발머리 위로 아침 햇살이 비스듬히 내리쬔다. 컴퓨터 모니터로 모서리가 접힌 책 더미와 벽 바닥부터 천장까지 줄지어 걸린 여동생의 수채화 액자들이 흐릿하게 비친다. 액자 속에는 10대 시절의 남편과 나, 세상에서 가장 큰 노아의 방주에서 아빠가 나를 껴안고 있는 모습, 테디베어 잠옷을 입은 잭을 마치 다정한 동물원 사육사처럼 안고 있는 내가 있다.

나는 주위를 둘러보며 생각한다.

'이것이 내가 내린 선택들이야. 내가 사랑하는 사람들이고.'

아무리 덧없는 것이었다고 해도 나는 그들이 믿어 주기를 바란다. 모든 게 중요하다고. 충만한 삶이었다고.

물론 이는 사실이 아니다.

그 어떤 것도 충만함을 주지는 못한다. 삶의 마지막은 여러 가지를 고려해야 하는 복잡한 문제라는 것을 누군가 내게 말해 줬더라면. 몇 년이 몇 달로, 몇 달이 며칠로 줄어들면 그 시간을 헤아리기 시작해야 한다. 내 꿈과 야망, 우정이나 사소한 다툼, 휴가, 공룡 잠옷을 입은 아들과 잠드는 시간을 몇 시간, 몇 분, 몇 초로 쥐어짜 내야 한다.

　나는 그 시간을 어떻게 보내야 할까?

1

우리 모두
원치 않는
일을 겪는다

○

계획을 가지고 있지만
계획이 반드시 행복을 보장하지는 않는다.

내가 듀크대학병원 수술동 침대에 누워 있을 때였다. 병실 안으로 머리를 들이민 의사가 미안하다는 듯 미소를 지으며 형광등을 켰다. 새벽 4시, 입원 이틀째 밤을 보내고 있었지만 병원에서 숙면을 취하는 사람이 누가 있을까. 그저 낯선 목소리들로 인해 자꾸만 끊기는, 휴식이라고는 없는 수면 구간들만이 반복될 뿐.

"생년월일이 어떻게 되시죠? 통증의 정도를 1부터 10까지 숫자로 말씀해 보세요."

지금도 나는 누가 낮잠을 깨우면 곧바로 생일부터 말한다.

눈을 뜨자 소년 같은 얼굴이 보였다. 체구에 비해 한참 큰 가운을 입은 의사는 너무 이른 새벽이어서인지 아니면 너무 긴 밤을 보내서인지 눈이 게슴츠레했다.

"1980년 6월 16일이요."

"네…." 의사는 말을 하다가 잠시 멈췄다. "그러니까… 35세 시군요."

고개를 끄덕이는데 눈에 눈물이 차올랐다. 나는 재빨리 눈물을 닦았다. '제발 멈춰 줄래, 지금은 눈물 흘릴 때가 아니야.'

"계속 수액을 주시면 자꾸 울게 될 거예요. 앞으로 며칠 동안은 가벼운 탈수 상태로 유지시켜 주세요."

내 말에 의사는 웃음을 참으며 차트를 넘겨 보았다.

"식사 후 복통을 경험한 적 있음. 상당한 체중 감소. 메스꺼움과 구토. 초음파상 담석이나 담낭염의 증거는 없지만 간담도 스캔 결과로 담낭 제거를 위한 수술 상담이 진행되었음…. 그 후에 CT 스캔을 받으셨고요?"

"아니요." 나는 고쳐 말했다. "저는 태어나서 처음으로 외과 의사한테 소리를 지르며 스캔을 안 해주면 안 갈 거라고 말했어요. 그래서 그들이 스캔을 하라고 한 거죠."

그건 내게 일생일대의 대결이었다. 수심에 찬 표정으로 팔짱을 끼고 있던 외과 의사와 어떤 치료라도 해줄 것을 요구하던 나. 통증이 5개월째 지속되어 몸을 펼 수조차 없었고, 체중이 14킬로그램이나 빠졌다. "더 이상은 못 참겠어요." 의사들이 나를 이리저리로 보낼 때마다 나는 몇 번이고 말했다.

젊은 의사는 나를 힐끗 쳐다보더니 다시 차트로 눈길을 돌렸다.

"스캔 결과, 간에서 다수의 국소 병변이 발견되었습니다. 가장 큰 병변은 미상엽과 우간엽에서 관찰되고, 수 개의 1센티미터 미만 병변들이 흩어져 있으며, 일부는 간 주변부와 피막 하에서도 보입니다. 큰 좌측 횡행결장 종양이 기능적 폐쇄를 일으켜 통증이 있었던 겁니다." 그는 고개를 획 들어 나를 쳐다보았다. "초기 복막 암종증(여러 암종이 동시에 몸의 다른 부분에서 발달하는 상태─옮긴이)이 우려되는 국소 림프절도 있고요."

심전도 모니터에서 작게 삐 소리가 났다. 나는 초조하게 목을 가다듬었다.

"음, 그러니까… 진단 이후로 이런 진지한 대화는 처음이네요. 제 말은, 제가 수술을 받았다는 건 당연히 알고 있다는 거예요." 나는 허둥지둥 다시 입을 열었다. "그저께 업무 중에 병원의 전화를 받고 4기 암에 걸렸다는 얘기를 들었어요. 하지만 그 용어들이 뭘 의미하는지는 모르겠어요. 그저 제가 암덩어리를 담은 그릇이 된 것 같은 기분이에요. 다들 병변이라는 말을 하는데… 그걸 검색해 보지도 못했네요. 병변이라는 게 정확히 뭔가요?"

"종양입니다. 저희는 환자분 몸속에 자라고 있는 종양에 대해 말씀드리는 거예요."

"오오오!" 나는 또다시 흘러내리는 눈물에 당황하며 말했다.

"그렇군요. 그럼 4기 암 다음 단계도 있나요?"

"없습니다."

"그래요, 그러니까 제가 최고 단계군요. 최고 암이요."

나는 어설프게 말을 맺었다.

의사는 손으로 머리카락을 쓸어 넘기며 잠시 그 자리에 서 있었다. 대화가 예상대로 흘러가지 않는다는 듯이. 그는 침대 옆 의자에 앉았지만 언제든지 자리를 뜰 수 있음을 우리 모두에게 상기시키려는 듯 꼿꼿한 자세를 풀지 않았다. 진료실 안은 따뜻했고 퀴퀴한 냄새가 났다. 침묵이 우리를 감쌌고, 그제야 나는 그를 더 자세히 살펴볼 여유가 생겼다. 헝클어진 머리와 근심 어린 표정, 주름진 가운과 새 운동화. '이런 대화를 하기에는 너무 어리잖아! 맙소사, 우리 둘 다 아직 이런 대화를 할 나이가 아니라고!'

"괜찮으시면 질문을 좀 드리고 싶은데요."

"물론이죠."

"가능성이 얼마나 되는지 알고 싶어요. 살 가능성이요. 제가 살 수 있을까요? 아무도 얘기해 주지 않아서요."

나는 호의적인 목소리를 유지했다. '이 사람을 비난하지는 않겠어. 이건 서로 관련된 또래끼리 나누는 호의적인 대화일 뿐이야.'

잠시 침묵하던 그가 입을 열었다.

"제가 할 수 있는 대답은, 당신과 같은 진단을 받은 분들의 생존율 중앙값을 알려 드리는 것뿐입니다."

"알겠어요."

"결장암 4기 환자들에 대해 저희가 가지고 있는 정보에 따르면, 생존율은 14퍼센트입니다."

그렇게 말하며 그는 도망칠 구멍이라도 찾듯이 진료실 안을 두리번거리기 시작했다.

"생존율 14퍼센트라…."

나는 아무 감정 없는 목소리로 되받았다. 마치 가파른 언덕 위로 그 단어들을 밀어 올리는 것처럼, 갑자기 머리가 무거운 느낌이었다. 14퍼센트, 14퍼센트…. 우리는 또다시 침묵에 빠졌다.

의사는 앉은 채로 몸을 움직였다. 그가 일어나서 나가려는 순간, 나는 불쑥 손을 뻗어 그를 막았다.

"저기요!" 내 목소리가 너무 컸다. "그러니까… 저기요."

깜짝 놀란 그가 아래를 내려다보았다. 내 손은 그의 팔에 옷깃마냥 꼭 감겨 있었다.

"그게…." 나는 다시 입을 열었다. "그런 말을 하려면 손이라도 잡아 줘야 하잖아요!"

그는 다시 앉더니 조심스레 내 손을 잡았다. 나는 눈을 감고 마지막으로 이 병원에서 누군가 마지못해 내 손을 잡아 주었던 때를 떠올렸다. 그건 산부인과 간호사였다. 당시 나는 이성적으로 설득당할 만한 상황이 아니었다.

"짧게 들이마시고! 길게 내쉬고!" 그녀는 소리쳤다.

"웃는 거예요, 소리 지르는 거예요?" 둘 다 조금씩이었다. 하지만 그때는 정말 멋진 일이 일어나기 직전이었다.

나는 눈을 떴다.

"좋아요."

내가 그의 손을 놓으며 말하자 그가 자리에서 일어섰다.

"잠깐! 잠깐만요. 가시기 전에… 이런 맥락에서 생존은 뭘 의미하나요?"

그는 잠시 멈춘 채 온화한 표정으로 말했다.

"2년이요."

그러고는 무슨 생각이었는지는 모르지만 다시 내 손을 잡았다.

"알겠어요." 마침내 내가 말했다. "그렇다면…."

나는 이미 셈을 시작하고 있었다.

* * *

2년. 730일.

삶이 일련의 숫자들로 새롭게 정의된다. 나는 서른일곱 살이 될 것이다. 15주년 결혼기념일을 맞이하고, 잭은 세 살이 되겠지.

나는 간호사들이 손에 닿는 곳에 놓아둔 사과주스, 땅콩버터 크래커, 손대지 않은 젤리 조각들이 담긴 그릇을 뒤적이다가 마침내 찾던 물건을 발견했다. 내 휴대폰. 달력과 계산기를 열어 빠르게 계산해 본다. 두 번의 크리스마스, 두 번의 여름, 104번의 목요일.

긴 숨을 내쉬고 다시 침대에 털썩 눕는다. 뭔가 중대한 일을 하기엔 시간이 부족해. 그저 사소하고 끔찍한 선택들뿐이겠지.

바로 그때, 토번이 병실로 살금살금 들어온다. 커피를 소중하게 들고 있는 모습만 봐도 간밤에 얼마나 마음고생을 했는지 알 만하다. 나는 휴대폰을 이불 속에 집어넣고 미소를 지었다. 내가 깨어 있는 걸 보고는 약간 긴장한 듯 그도 미소를 보낸다. 새로 생긴 버릇이다.

"무슨 일 있었어?"

그렇게 물으며 침대 옆으로 와서 시원한 손바닥으로 내 끈적거리는 이마를 짚더니 얼굴을 찡그린다.

"아니!" 나는 재빨리 대답했다. "확정된 건 없어."

의자에 앉은 토번은 등을 기댄 채 눈을 감았다. 나는 한동안 그를 관찰한다. 이전까지 남편의 말도 안 되게 잘생긴 얼굴에는 세 가지 표정밖에 없었다. 생각에 잠긴 표정, 졸린 표정, 그리고 내가 트램펄린 얼굴이라고 부르는, 트램펄린에서 공중제비를 넘기 전 모두가 하던 일을 멈추고 박수를 쳐 주기를 바라는 듯한, 다 큰 어른의 만족스러운 표정. 하지만 이제 한 가지 표정이 더 보인다. 근심에 찌든 표정.

지금까지 우리는 시간 속을 떠다녔다. 어린이 캠프 지도자로 만나서 서로에게 푹 빠졌던 그 여름. 곰들이 쓰레기 먹는 모습을 보기 위해 시골 쓰레기장으로 가는 트럭 안에서 손을 꼭 잡고 있던 10대 남녀의, 한 편의 서사시 같은 하이틴 로맨스. 스물두 살 신부가 입장하며 에타 제임스의 〈마침내〉At Last라는 노래를 부르도록 허락해 준 너그러운 하객들에게 영원히 감사한다. 그해에 나는 졸업을 했다. 한 해에 두 번이나. 우리는 무모한 기쁨의 순간들을 들락거렸다.

하지만 지금은 잘 모르겠다. '여보, 나는 시계야. 큰 소리로 똑딱거리는 시계.' 이렇게 말하고 싶다면 내가 너무한 걸까? 그이가 알면 상황이 더 안 좋아질까?

나는 갑자기 조바심이 나서 병실을 두리번거렸다.

"여기서 나갈 수 있는지 알아보자."

토번이 한쪽 눈을 떴다.

"서두르지 마."

내가 크게 숨을 내쉬자 그가 내 쪽으로 고개를 돌린다.

"당신은 큰 수술을 받았어. 지금은 쉴 때야. 장인어른과 장모님이 집에서 잭을 봐주고 계시니까 서둘러 갈 필요 없어. 그냥… 천천히 해도 돼."

하지만 그 말이 내게 어떤 의미인지 그는 전혀 모른다.

"그렇게는 하고 싶지 않아."

나는 단호하게 간호사 호출 버튼을 눌렀다.

* * *

병실에 번갈아 찾아온 동료들과 친구들은 거의 대부분 목사(흥미롭게도 한 명은 주교)여서 나를 아주 흠씬 축복해 주었다. 내 젖은 뺨에 입을 맞추고, 교회의 영적 도구 상자에 가득 담긴 온갖 도구를 꺼내 놓는다. 치유와 평화를 위한 기도, 내 어깨와 머리를 손으로 지그시 누르며 하나님의 임재 청하기, 크리스마스 냄새가 나는 성유로 내 이마에 기름진 십자가 그리기. 퇴원할 때쯤이면 이마에 십자가 모양 여드름이 나 있을 게 분명하다. 그들이 침대에 둘러서서 반주 없이 찬송가를 부르면 나는 두 눈을 감는다. 그 잠시 동안 나는 온전해진다.

하지만 곧 온전함은 사라진다. 그들이 가고 다시 혼자가 되면 나는 소리라도 지르고 싶은 기분이 든다. '이건 범죄야. 어처구니없는 일이야. 세상의 종말이라고.' 아니, 사실은 그렇지 않다. 그저 내 세상의 종말일 뿐이다.

나는 의료진에게 고형식을 먹을 수 있고, 넘어지지 않고 걸을 수 있을 때까지는 퇴원하지 못한다는 단호한 진단을 받았다. 그래서 나는 아빠가 '지나치게 열심'이라고 생각할 만큼 굳은 결심으로 걷기에 매달렸다. 곧 절뚝거리며 문까지 걸어갈 수 있게 되었지만 갑작스러운 어지럼증으로 인해 본의 아니게 간호사들을 호출하고 말았다. 간호사들은 정말 재빨리 달려왔다. 차츰 엘리베이터까지 오가는 고통스러운 여정을 완주하고, 복도를 왔다 갔다 하는 여행을 마치고, 누구와 상의도 없이 아래층으로 가서 스타벅스와 선물 가게를 발견했다.

가게 계산대에 있던 10대 아르바이트생은 파란색 면 가운 차림의 환자가 혼자 링거 거치대를 밀고 들어와 회전식 책장 앞에서 큰 소리로 중얼거리며 선반의 책을 빼내는 모습을 보고 놀랐을지도 모른다. 그것도 한 권이 아니고 여러 권씩.

"매니저를 만나고 싶은데요."

나는 누구에게랄 것도 없이 말했다. 아르바이트생은 자수 장식 스웨터를 입은 나이 든 여성 매니저를 소개했다. 최저 임금을 받으면서 이런 상황까지 감당해야 하냐는 듯 눈을 동그랗게 뜨고서.

"제가 도와드릴까요, 손님?"

매니저가 아주 조심스럽게 물었지만 나는 이미 열을 받은 상태였다.

"네! 그래 주세요. 이 책들은 병원에서 팔기에 적합하지 않다는 걸 알아주셨으면 해요."

나는 바닥에 쌓아 놓은 기독교 베스트셀러들을 손으로 가리켰다. 내가 꼼꼼히 연구하고 번영신학_{prosperity gospel} 운동의 포괄적인 역사로 기록한 책들. 나는 10년간 그 유명한 작가들을 인터뷰하고, 그들이 말하는 신성한 행복과 온유한 치유의 약속을 조목조목 풀어냈다. 하지만 이제 그건 내가 추구하는 것이 아니다.

매니저는 나를 그저 빤히 쳐다볼 뿐이다.

"자, 여기 이 책 같은 거요."

나는《긍정의 힘》을 발로 밀었다. 책 표지에는 텔레비전 전도사 조엘 오스틴이 미소를 지으며 카메라 쪽으로 몸을 기울이고 있다.

"〈뉴욕타임스〉 베스트셀러라고 쓰여 있네요."

매니저는 합리적으로 대답했다.

"이건 번영신학에 대한 글이에요. 올바른 믿음을 가지면 하나님이 돈과 건강으로 보상해 주신다고 말하죠. 조엘 오스틴은 미국에서 가장 유명한 번영 설교자예요."

내 목소리는 내가 듣기에도 너무 고음이었다.

그때 계산대 안쪽 사무실에서 아르바이트생이 고개를 빼꼼 내밀었다가 금세 사라졌다. 나는 숨을 깊이 들이마셨다.

"보통은 괜찮아요. 이해할 수 있어요. 하지만 병원에서 이걸 팔면 안 되죠. 저한테는 이걸 팔면 안 된다고요."

내가 환자복을 가리키며 과장된 제스처를 취하자, 매니저는 내 프라이버시를 지켜 주기라도 하듯 잠시 고개를 돌린다.

나는 다른 책들을 번갈아 가리켰다.

"이 책은 성경 구절을 통해 치유를 구하라고 말하고, 또 이 책은 내가 긍정적으로 생각하면 내 삶에서 부정적인 것이 없어질 거라고 말해요."

"그럼 손님은 어떤 책을 추천하시겠어요?"

매니저는 내게 등을 돌린 채 내가 엉망으로 만든 진열대를 정리하기 시작했다.

나는 서점을 둘러봤다. 과거에서 해방되는 방법, 현재를 사는 방법, 더 밝은 미래를 찾는 방법에 관한 책들. 갑자기 서 있기가 힘든 느낌이 들었다.

"차라리 환자에게 어쩌다 그런 병에 걸렸느냐고 비난하는 책들을 알려 드리죠."

매니저는 내가 그렇게 하도록 그냥 내버려두었다.

다음번에 그 가게 창가를 지나가다 보니《긍정의 힘》이 놓여 있던 자리는 조엘 오스틴의 신간《당신은 할 수 있고, 할 것이다》You can, You will가 차지하고 있었다.

* * *

'긍정의 힘'이라는 짧은 문구는 21세기 초 미국인들이 삶을 마스터하는 행동에서 얻는 만족감을 묘사하기 위해 사용하기 시작한 말이다. 2004년 조엘 오스틴이 처음 만든 후 거의 하룻밤 만에 오프라 윈프리부터 다이어트 전문가들, 홀마크 채널(미국 텔레비전 방송사로, 주로 긍정적인 내용의 로맨틱 코미디 영화 및 드라마를 제작한다. ─옮긴이) 배우들까지 모든 사람이 이 말을 최고의 목표로 삼았다. 당신이 잘 살고 있다는 건 어떻게 알 수 있나? 지금이 최고의 삶이라는 긍정적인 마인드를 가지고 살면 된다. 당신이 성취해 낸 일들은 당신의 인스타그램 계정에서 차고 넘치게 볼 수 있다.

'아이들과 함께 디즈니랜드에 가는 중!'

'뉴질랜드에서 서핑하기. 와도 와도 질리지 않을 듯!'

'기념일 축하해, 여보. 당신은 나의 가장 친한 친구이자 영혼의 동반자고, 나의 모든 것이야.'

그리고 이제껏 내가 본 모든 리얼리티 쇼에 따르면, 전 남자친구가 "그런데 너는 어떻게 지내?"라고 물을 때 올바른 대답은 "나는 지금 최고의 삶을 살고 있어, 매튜"뿐이다. 설명은 필요 없다.

긍정의 힘 패러다임의 위대한 성공 요인은 '믿음만 있으면 불가능이란 없다'는 미국 웰니스 산업 전체의 약속을 깔끔하게 요약한 것에서 비롯되었다. 초대형 교회부터 버닝맨(미국 네바다주 블랙록 사막에서 매년 8월 말 일주일간 열리는 행사로 참여, 예술, 자기표현, 체험 등에 중점을 둔다.—옮긴이)까지, 모든 곳에서 이 확신에 찬 메시지를 찾을 수 있다. 피트니스 기업 펠로톤의 실내 자전거와 호화로운 요가 수련 광고에도 표현되어 있다. 좋은 분위기는 큰 사업이 된다.

'우리는 완벽해질 수 있다'는 메시지로 정의되는 웰니스 산업에 해마다 수십억 달러가 투입된다. 우리는 스스로 체계화하고, 치유하고, 예산을 짜고, 사랑하고, 잘 먹음으로써 온전해질 수 있다고 생각한다. 1970년대에 미국에서 인기를 끌기 시작한 뉴에이지 사상의 '자기 확신'은 베이비 붐 세대의 반문화 속에서 자리 잡았다. 이 사상의 흐름은 자기 확신의 마음으로 낮은 자존감, 평범함, 무기력한 삶을 극복할 수 있다고 주장했다. 이런 자기계발서들이 〈뉴욕타임스〉 베스트셀러 목록에 넘쳐나자, 1984년경 〈뉴욕타임스〉는 다른 분야의 책에도 베스트셀러 기회를 주기 위해 자기계발서를 별도의 카테고리로 분류하기 시작했다. 곧이어 좋은 습관과 자기계발 철학은 완벽한 영리성 사업이 될 가능성을 갖게 되었다. 뉴에이지 사상에서 시작된 것이 심리학적 전문 지식, 실험 결과, 임상 승인 등의 지원을 받아 과학으로 포장된 것이다.

모더니티란 무한한 선택과 끝없는 발전을 약속하는 열병과 같은 환상이다. 우리는 영원히 젊게 사는 방법, 영원히 성공하는 방법, 스스로 완벽함의 주체가 되는 방법을 배울 수 있다. 토니 로빈스, 에크하르트 톨레, 조이스 마이어, 레이철 홀리스와 사랑에 빠질 수도 있다. 여성들은 웨이트 워처스(미국의 다이어트 프로그램 관리 기업 — 옮긴이)의 점수나 킴 카다시안의 허리 트레이너, 혹은 잘 어울리는 색상의 메리케이 립스틱으로 더 나은 자아를 찾을 수 있다고 배운다. 남성들은 금융 전문가 데이브 램지처럼 저축하거나, 성공하는 사람들의 습관을 익히거나, 동네 크로스핏 체육관에서 타이어를 뒤집으며 운동한다. 자수성가한 사람과 낙관주의자들에 대한 미국인들의 동경은 자본주의 천국을 만들었다. 이제 모든 사람이 '좋은 것, 더 나은 것, 최고인 것'을 전파하는 텔레비전 전도사가 되었다. 정신력으로 상황을 변화시켜라. 건강, 부, 행복의 구원은 단지 결심하기에 달려 있다. 자, 이제 당신은 어떤 결심을 할 것인가?

하지만 내가 아무리 열심히 일을 해도, 아무리 빨리 나아가도, 아무리 정성껏 기도해도 암을 이길 수는 없다. 할 수 있다는 태도만으로 암을 물리칠 수는 없다.

많은 사람이 믿음이 삶의 유일한 공식을 제공한다고 믿는다. 하나님에게는 계획이 있으므로 우리는 삶의 불확실성을 두려워할 필요가 없다는 것이다. 미국에 널리 퍼져 있는 이 믿음에는 각기 다른 경전과 전통, 경험의 근원에서 비롯된 두 가지 버전이 있다.

첫째, 보다 치유적인 해석에 따르면, 하나님은 우리를 행복하게 할 계획을 가지고 있다. 번영신학과 자기 구원 시대의 영향을 받은 이 해석은 신성한 힘들이 우리를 어떤 상승하는, 선택된 궤도에 머물도록 하기 위한 호의적인 음모를 꾸미고 있다고 설교한다. 하나님은 우리의 즉각적이고 궁극적인 선을 촉진하는 직업, 파트너, 꿈의 방향으로 우리를 밀고 있다.

둘째, 보다 결정론적인 해석에 따르면, 하나님은 우리의 발전을 위한 계획을 가지고 있지만 그것이 반드시 우리의 행복을 보장하지는 않는다. 태초부터 하나님은 우리의 삶을 예정하고 우리의 걸음을 인도했으며, 좋은 일이든 나쁜 일이든 우연이나 사고처럼 보이는 모든 일이 사실은 하나님이 우리에게 준 최선의 일부였다는 것이 언젠가는 드러나게 된다. 그러나 그때까지는 그 계획이 어떤 모습을 하고 있어도 우리는 '선하다'고 믿어야 한다. 우리는 고통받는다. 마음이 무너진다. 감당할 수 없을 만큼 많은 것을 잃는다. 나는 고통을 받으면서도 하나님의 계획에 대한 믿음으로 큰 위안을 받는 사람들을 수없이 많이 만났다. 이 도덕적 세계에서 하나님은 우리를 눈물 없는 천국으로 인도하기에 앞서 우리가 슬픔에서 가르침을 얻도록 하신다.

나는 우리 삶의 모든 갈림길, 즉 만남과 이별, 교통사고나 우연한 만남에 큰 의미가 있을 수도 있다고 생각은 하지만 하나님이 필요한 모든 것을 주시거나 모든 슬픔을 막아 주실 거라고는 생각하지 않는다. 병실에 누워 있을 때 나를 더 높은 수준으로 끌어올리거나 나의 성장을 보장하거나 암을 통해 가르침을 주려는 어떤 마스터플랜은 보이지 않았다. 좋은 것이든 나쁜 것이든, 난 마땅히 받아야 할 무언가를 얻지 못할 것이다. 그 무엇도 내가 겪는 고통에서 나를 벗어나게 해주지 못한다.

오늘도 어제처럼 평범할 것이다. 우리는 그저 며칠 또는 몇 주, 그 전 순간들의 결과를 이해하려고 애쓴다. 우리는 교훈

이 있고 주인공이 절대 죽지 않는 장편 드라마에 출연 중이라고 상상하기를 좋아한다. 하지만 실제로는 올해도 어김없이 몇 차례의 경조사가 있을 것이고, 사람들은 여전히 대부분의 저녁 시간을 넷플릭스와 함께할 것이라는 사실을 받아들여야 한다.

이것은 일종의 자유다. 유일한 문제는 그 부담감 속에서 우리가 어떻게 살아가느냐 하는 것이다.

듀크대학병원에서 퇴원하는 날까지도 나는 앞으로 어떻게 살아야 할지에 대한 청사진을 내가 얼마나 원하는지 깨닫지 못했다. 의사들에게 집에 보내 달라고 졸랐던 나는 간호사가 내 휠체어를 밀고 병원 문을 통과할 때까지 마냥 기쁘기만 했다. 남편과 아빠를 보고서야 신선한 공기와 함께 두려움이 확 밀려왔다. 두 사람은 차에서 내려 나를 살피듯 쳐다보았고, 복부의 꿰맨 부분이 찢어지지 않게 나를 일으키고 다시 앉히는 방법에 대해 간호사와 대화를 나눴다.

"아빠." 내 목소리는 너무 작았다. "아빠!"

토번은 트렁크에 내 가방을 휙 던져 넣었고, 아빠는 내가 다리를 쭉 뻗을 수 있게 앞 좌석을 조정하고 있었다. 아빠가 나를 힐끗 쳐다보았다.

"내가 제대로 하고 있는지 어떻게 알죠?"

내가 낮은 목소리로 물었다.

"제대로 하다니, 뭘?"

아빠는 좌석 아래로 머리를 숙이며 되물었다. 그 말이 순간 나를 당황시켰다.

"사는 거요. 더 이상 그걸 어떻게 해야 할지 모르겠어요."

두 사람은 하던 일을 잠시 멈추고 나를 쳐다보았다. 아빠는 머리를 긁적이며 적당한 대답을 찾는 듯 주위를 둘러보았다. 토번의 얼굴에는 근심 어린 주름이 잡히고 시선은 아래를 향했다. 우리의 지식으로는 도저히 그 답을 알 수가 없었다.

2

무자비한
시간 관리자

○

하루라는 시간은
잭의 고무장화와 겨울 코트 사이즈가 작아져서
바꿔야 할 만큼 길지 않다.

우리 집은 이런저런 일을 도와 내 목숨을 구하려는 사람들로 난리법석이다. 가족 중에는 메노나이트(16세기에 급진적 종교개혁을 주장한 기독교의 한 종파로, 현재 미국과 캐나다에서 공동체를 이뤄 살면서 평화주의와 성서적 생활 방식을 고수하고 있다. ─옮긴이)가 많다. 평화주의와 소박함을 추구하며, 낮잠은 하나님을 실망시킨다고 믿는 소위 워커홀릭 집안이다. 엄마는 열심히 빨래를 하고, 시아버지는 울타리의 썩은 부분을 찾아 쿡쿡 눌러 본다. 시누이는 간호사라서 나를 간호하는 역할을 맡아 약과 부드러운 음식을 꼬박꼬박 엄격하게 챙긴다. 잭은 소리를 지르며 그들 사이를 뛰어다니는데, 가구에서 뛰어내릴 때면 귀여운 큰 머리가 무거워서인지 잠시 뒤뚱거린다.

나는 가족들이 분주하게 돌아다니는 모습을 지켜본다.

"우리가 더 해야 할 일은 없을까?" 가족들이 궁금해한다.

나는 우리의 시간을 함께 논의하기 위해 가족회의를 소집했다. 내 보고를 듣기 위해 참석한 다른 친척들, 친구들까지 모두 거실에 침울한 얼굴로 둘러앉았다. 나는 곧 항암 화학요법을 시작할 것이고, 약물로 인한 정맥의 부담을 경감하기 위해 흉근에 '포트'라는 의료기기를 삽입할 거라고, 다만 수술 부위가 아물 때까지는 기다려야 한다고 설명했다. 마음 같아서는 우리가 함께 보낼 시간이 앞으로 몇 달밖에 안 될 수도 있다고 말하고 싶지만 결국 "다들 와 주셔서 정말 고마워요. 수건이 충분하지 않아서 걱정이네요."라고 말했다.

우리의 절망 속에는 소리 없는 속도가 있다. 잠이 들었다 깨 보면 또 다른 방의 청소와 비품 준비가 끝나 있고, 식사는 마치 군대에서처럼 빠르고 조직적으로 준비되고 배식된다. 할 일은 많은데 해결된 것은 아무것도 없다.

"포위된 상황이란 게 이런 건가요?"

어느 날 오후, 나는 아빠의 푹신한 배에 머리를 기댄 채 물었다. 어린 시절의 취침 의식("아빠, 영국에서 제일 못된 왕은 누구였어요?")이 우리 둘이 공유하는 하나의 세계가 되었다. 차를 타고 가거나 걸어갈 때 뜨거워진 휴대폰을 귀에 대고 아빠와 열띤 논쟁을 벌이거나(문해력은 어떻게 문화를 변화시키나, 유적의 사회적 중요성은 무엇인가 등) 캐나다를 살기 좋은 곳으로 인식하는 사람이 별로 없다는 것을 안타까워한 시간이 수백 시간은 된다.

아빠도 나처럼 역사학자(유추에 의한 진실을 사랑하는 사람)라서 내가 조심스럽게 간접적으로 전하려는 바를 알고 있다. 나는 많은 사람들로부터 '싸워라!', '암을 떨쳐 버려라!'라고 격려하는 카드들을 우편으로 받는다. 하지만 암은 성벽 밖에서 기꺼이 기다리는 적이기에 내부의 군대는 신중하게 상황을 파악해야 한다. 깨지기 쉬운 평화처럼 보이지만 실상은 보이지 않는 전쟁이다.

우리는 이런 대화를 여러 번 나눴다. 카르타고, 예루살렘, 레닌그라드처럼 봉쇄를 겪은 도시들에 대한 길고 두서없는 토론들. 정복군이 요새화된 도시를 둘러싸고 있는 상황은 며칠, 몇 달, 아니면 몇 년까지도 지속된다. 안에 갇힌 사람들은 처음에는 식량이 충분해도 곧 몸에 힘줄이 드러날 만큼 야위고, 가구를 땔감으로 쓰며 톱밥이 섞인 빵을 뜯어 먹는다. 포위는 재앙을 향한 경쟁이다.

아빠는 내 정수리에 입을 맞췄다.

"너에겐 훌륭한 군대가 있단다." 아빠는 담요를 내 주위로 끌어당겨 그 끝을 내 발밑으로 집어넣고는 한숨을 지으며 말했다. "너랑 네 엄마는 왜 슬리퍼를 안 신으려고 하니?"

나는 아빠의 화제 전환을 받아들이며 그 품으로 더 파고들었다.

이제 나는 야위어서 사춘기 때 몸무게로 줄어든 상태다. 엄마는 아침에 내가 옷 입는 걸 도와주다가 내가 가장 좋아하는 바지가 엉덩이에 헐렁하게 걸치고, 창백해진 배 위에 붙였던 거즈에 살갗이 붙어 떨어지는 걸 보고는 입술을 앙다물었다. 내 눈 밑의 다크서클은 이제 짙은 보랏빛이다. 차마 말하지는 않지만 우리의 뇌리를 떠나지 않는 진실은, 반격할 수 없는 사람들은 시간과 싸울 수밖에 없다는 것이다.

* * *

오늘은 새로운 종양 전문의 카트라이트 박사를 만나러 가는 날이다. 전에 병원에서 잠깐 만난 적이 있지만 그때는 내가 살짝 환각에 빠져서 낯선 사람들에게 "내가 사고로 네브래스카주 전 상원 의원의 푸들을 죽였어요. 선물로 가져간 초콜릿을 여행 가방에 놔뒀는데, 내가 랍스터를 사러 간 사이에 그 개가 그걸 먹고 죽은 거예요."와 비슷한 이야기를 했다. 게다가 입원 중 자주 벗은 몸을 보였던 게 생각나 박사의 손을 굳게 잡고 악수하며 "제가 보통은 블레이저를 입어요."라는 말로 변명을 시도하기도 했다.

우리는 듀크 암센터 진료실의 형광등 불빛 아래에서 부자연스러운 침묵을 지키고 있었다. 벽을 따라 일렬로 놓인 의자에 앉은 아빠, 엄마, 시누이 그리고 남편이 지켜보는 앞에서 나는 진료대에 앉은 채 의사가 수술 부위를 검사하고 감염의 징후는 없는지 확인할 수 있도록 셔츠를 올렸다. 토번을 힐끗 쳐다보니 이번에도 처음 보는 다섯 번째 표정을 짓고 있었다. 마치 갑자기 우주로 나가 표류하게 된 우주 비행사 같은 표정이다. 모든 친숙한 얼굴에 어떤 근심의 표정이 떠오르는지 알게 되는 데 몇 달은 걸릴 것이다.

박사는 자기가 본 것에 만족한 듯 컴퓨터 모니터를 클릭하고 내 차트를 읽기 시작했다.

"우선 항암 치료 약물이 강력하게 작용하고 나면 가장 큰 종양 두 개의 크기가 줄어들 것으로 보입니다."

그는 내 장기들을 마치 부활절 햄처럼 조각조각 찍은 MRI 영상들을 스크롤한다.

"여기요, 보이세요? 큰 종양 두 개가 있는데 하나는 여기 있고, 또 하나는 하대정맥 옆쪽에 깊이 파묻혀 있습니다. 그리고 이런 반점들이 여기, 여기, 또 여기에 있고요."

우리는 눈을 가늘게 뜨고 화면의 영상들을 바라보았다. 간호사가 준 진료 요약서를 다시 찬찬히 살펴봤지만 생소한 용어가 많아서 이해하기가 쉽지 않았다. 이리저리 짜맞춰 본 결과, 나쁜 소식이 있으며 내 장기 일부에서 밀리미터 단위의 종양 성장이 발견되었다는 것만 알 수 있을 뿐이다. 보아하니 우간엽에 테두리 조영 증강을 보이는 종양이 있는데, 그것이 하대정맥에 인접해 있다는 사실이 우려되는 모양이다. 그리고 림프절에는 전이성 선암의 흔적이 있다고 했다. "간이 어디에 있어요?"라고 먼저 묻고 싶었지만 이미 내가 아는 언어와는 너무도 동떨어진 곳에 와 있었다.

"저는 고등학교 때 라틴어를 배웠어요." 나는 멋져 보이려고 애쓰며 말했다. "오케스트라 연습 후에요. 나이 든 신부님께 가서 함께 라틴어를 읽고 하프시코드 연주를 듣곤 했죠."

박사는 내 나이쯤으로 보였다. 우리는 같은 기관에서 일하고 심지어 같은 대학에 다녔을 수도 있다. 하지만 그는 내가 나중에 의사들에게서 자주 보게 될 '모습을 감추는 기술'을 완벽하게 해냈다. 하얀 가운만 입으면 그는 누구든 될 수 있었다.

"다들 하프시코드가 정말 고급스러운 악기라고 생각하지만 음량을 조절할 수가 없어요. 그래서 엄청 지루한 피아노 소리처럼 들리죠. 띵똥, 띵똥, 띵똥… 이게 다예요."

나는 이미 스스로에게 짜증이 난 채 현을 때리는 부드러운 망치 흉내를 냈다.

박사는 무표정한 얼굴로 나를 돌아보고는 하던 말을 이어갔다. 그는 이 모든 게 무엇을 의미하는지 말하기에는 아직 시기상조라고 설명했다. 화학요법은 암세포 증식을 억제하지만 일정한 시간 내에 그 세포들을 다 파괴해야 한다(10개월 정도 걸린다). 하지만 다른 두 가지 가능성이 있다. 7퍼센트의 확률로 암이 계속 증식해 어떤 치료도 불가능한 상황이 있을 수 있다. 이 경우에는 자동적으로 사형선고를 받는 것과 다름없다. 아니면 신기하게도 종양이 '면역요법'이라는 신종 암 치료법에 더 잘 반응하는 3퍼센트의 환자들 중 하나일 수도 있다. 이 말을 할 때 그의 눈빛이 아주 초롱초롱해 보였다.

"그러니까 어쩌면 제가 살 수도 있고, 거의 바로 죽을 수도 있고, 아니면 특별한 치료가 가능한 신기한 암에 걸렸을 수도 있다는 건가요?"

"그렇다고 할 수 있죠."

"알겠어요."

채혈은 이미 마쳤으니 몇 주 안에 결과가 나올 것이다.

늦은 밤, 나는 거실에서 수백 쪽에 달하는 진료 보고서들에 둘러싸인 채 그 의미를 해독하려 애쓰고 있었다. 마지막 남은 위대한 기록 보관소는 바로 병원이라고, 나는 엄마에게 말했다. 내 핏방울들이 만든 기록들. 엄마는 나에게 닿으려 하지만 나는 죽어 가는 나무의 나이테처럼 동심원을 그리고 있는 서류들 한가운데에 있다.

"너무 많구나."

"그러게요."

나는 양손으로 서류 한 더미를 집어 들어 흔들었다. 진료 시간이 끝나 갈 즈음 나는 너무 압도된 나머지 마치 술에 취한 듯 세부적인 사항들을 중얼거리고 했던 말을 반복했다.

"난 내 차트도 못 읽어요. 아는 거라고는 암이 결장에서 생겨나 간으로 퍼졌다는 것… 그리고 내가 아무 쓸모도 없다는 것뿐이에요."

"얘야, 이건 공부한다고 해결되는 문제가 아니야."

엄마는 부드러운 목소리로 말했다.

"알아요. 하지만 엄마, 시도는 해봐야죠."

* * *

이전에는 시간을 생산적으로 써야 한다고 생각했다. 체크리스트를 확인하고, 점심 도시락을 싸고, 누구에게랄 것도 없이 "세탁 세제 가져오는 거 잊지 마!"라고 외치면서. 나는 효율성의 과학에 많은 것을 투자했다. 프로세스를 간소화하고 습관을 개선하고 검증된 원칙을 선택했다. 더 적은 시간에 더 많은 일을 해내려고 애썼다. 하지만 지금은 세상을 향해 밀려나가는 그 느낌을 갈망하며 내 가족과 친구들이 일하러, 심부름하러, 또는 그 밖의 무언가를 하러 집을 나서는 모습을 지켜본다.

나는 내가 어렸을 때부터 인간 불도저였다는 것을 서서히 깨닫는 중이다. 한번은 부모님이 여행을 떠난 동안 지하실 전체를 개조해 새롭게 꾸민 적도 있다.

"나무 패널도 페인트칠을 할 수 있다는 거 알고 계셨어요? 레코드판들도 정리했어요. 트레드밀에 특별한 애착이 있으셨던 건 아니죠? 새 평면도와는 어울리지 않더라고요."

대학 때는 주말에 집에 돌아와 부모님이 아직 필요성을 느끼지 못했던 오두막집 관련 서류에 거의 서명할 뻔하기도 했다. 부모님이 4도어 도요타 세단의 장점을 심각하게 고려해본 적이나 있을까? 나는 생각한 것을 최대한 빨리 행동으로 옮기려는 노력에서 신중함과 당돌함 사이를 오갔다.

나는 미국이 고향처럼 편안하게 느껴진다. 그 이유는 아마 산업혁명 이후에도 퇴색되지 않은 효율성에 대한 애호 때문이 아닐까? 나는 신학과 학생들에게 1880년대 필라델피아 나이스타운에 있던 미드베일 제강 회사의 공장장 프레더릭 테일러에 대해 가르친다. 자신과 동료들의 하루 생산량이 얼마나 적은지 알고 놀란 그는 공정 개선 방안을 마련했다. 그는 공정 개선 방안이 가정, 농장, 사업체 그리고 교회의 운영을 개선해 주리라 믿었다. 그의 아이디어는 곧 자동차 산업과 제조업 전반에 혁명을 일으킨 전설적인 헨리 포드에 의해 채택 및 수정되었고, 이후 복잡한 작업이 보다 단순한 행동들과 시간 단위로 나뉘어 생산성이 높아졌다. 노동자들은 이제 기계의 톱니바퀴처럼 행동함으로써 생산성을 크게 높일 수 있었다.

나는 신학과 학생들에게 이 생산성의 발전을 설명할 때, 일부러 위협적으로 들리도록 말한다. 대량 생산의 장점은 매력적이다. 속도, 생산성, 성장. 하지만 내 학생들이 장차 하게 될일은 느리고 비효율적이다. 학생들은 대부분의 시간을 좋아하지 않는 교회 집사에게 친절을 베풀려고 노력하거나 온라인으로 구매한 주일학교 교재에서 이단적인 내용을 솎아내는 데 보낼 것이다. 주일의 한 시간을 채워 줄 아름다움과 진리를 생각해 내는 데 며칠을 쏟아부어도, 교회를 나서는 교인들에게 예전 목사님이 그립다는 말을 열두 번쯤 듣게 될 것이다. 만약 발전을 원한다면 달리기를 하고, 의미를 찾고자 한다면 교회를 운영하라.

나는 아주 엄숙하게 이 말을 하곤 서둘러 교수 회의에 참석해서 집중하고 있다는 듯 열심히 고개를 끄덕이며 이메일에 답장을 한다. 낮잠 같은 즐거움들의 유혹을 능숙하게 극복하며 받은 편지함을 0으로 만들고, 강의 평가에서 완벽한 점수를 받고, 내 아이를 캐나다 민속 음악에 몰입시키려 애쓴다. 나는 단 한 가지 속임수를 가진 마술사다. 자, 여기 모여서 이 여성이 단 한 순간을 수백만 가지 용도로 나누어 쓰는 것을 보시라!

내가 생산성의 제단에 참배하는 것을 토번만큼 자주 본 사람은 없다. 어느 날 아침, 나는 코가 막히고 목이 아픈 상태로 잠에서 깨어나 실수로 약을 잘못 먹었다. 졸리지 않는 코 막힘 완화제(밝은 노란색 알약) 대신 야간용 약을 먹은 것이다. 토번은 아침 7시에 변기 위에서 필사적으로 토하려고 애쓰며 흐느끼는 나를 발견했다.

"초록색이었어! 파란색이 아니라 초록색 알약이었다고!"

나는 반쯤은 웃고 대부분은 울면서 소리쳤다.

"그냥 낮잠 좀 자면 안 돼?"

토번은 합리적으로 물었다.

"끝내야 할 일이 얼마나 많은데! 왜? 왜 나한테 이런 일이 생기는 거야?"

토번은 범죄 현장을 조사하듯 화장실 안을 둘러보았다.

"글쎄… 이 일의 진짜 피해자는 효율성인 것 같은데!"

* * *

나는 '시간을 보낸다'는 말을 여러 번 들으면서도 그 의미를 제대로 파악하지 못했다. 하지만 진단을 받은 후로는 잘 보낸 하루가 잘된 계산에서 비롯된다는 것을 깨달았다.

혼자서만 견딜 수 있는 진실도 있기에, 나는 온 집 안이 조용한 오전 6시에 알람을 맞춰 둔다. 나는 화장실에 들어가서 문을 잠근다. 숨을 참으며 복벽 안에 마치 종이접기처럼 접혀 있는 긴 거즈를 푼다. 거즈가 선명한 선홍색, 뿌연 노란색, 젖은 분홍색으로 얼룩덜룩해진 모습을 보지 않으려고 애쓰면서. 그러고는 조심스럽게 새 거즈를 잘라 한때 배꼽이 있었던 넓은 구멍에 다시 채워 넣고, 주사기 한 개를 뜯어 수술 부위 근처에 재빨리 바늘을 꽂는다. 여기저기에 띄엄띄엄 주사 자국이 나 있다. 나는 헐렁한 셔츠를 끌어내리며 고개를 절레절레 젓는다. '괜찮아! 수영복 대회에 나갈 것도 아닌데, 뭐.'

어젯밤의 약 기운이 만들어 낸 머릿속 안개를 걷어 내기 위해 커피포트를 켜고 지저분한 옷들을 세탁기에 집어넣고는 잭이 깨기를 기다린다. 나는 잭이 침대 안에서 뒤척이는 걸 처음 발견하는 게 좋다. 동틀 녘의 고요함 속에 모든 것이 우리 앞에 펼쳐져 있다. 나는 잭에게 트랙터 관련 책을 무더기로 읽어 주고, 두 농기구의 사랑을 보여 주기 위해 양말 인형을 만들 것이다.

잭은 나의 무자비한 시간 관리에서 불가사의한 예외다. 시간이 느긋하고 탄력적으로 느껴진다. 아침 식사는 그저 알람이 울린 다음에 첫 번째로 먹는, 예측 가능한 식사가 아니다.

그 시간은 기저귀를 갈고, 반항하는 입에 음식을 떠 넣고, 그리고 어떻게 그렇게 빠르고 민첩하게 양말을 벗어서 주스 컵에 쑤셔 넣을 수 있는지 또 한 번 이해하려고 노력하는 일들로 이루어진 긴 과정이다.

이미 시작된 사과 소스 제거 작전 때문에 집 안이 술렁이고 있다. 잭이 따뜻한 욕조에 들어가 배들에게 무슨 조약 협상을 요구하고 있는 사이, 나는 조심스럽게 몸을 움직여 욕조 옆 화장실 바닥에 앉아서 다음 학술 프로젝트를 위해 여성 안수 역사에 관한 책을 읽는다. 육아 휴직 기간에 읽은 모든 책은 잘 말려서 대학 도서관 사서에게 열심히 사과하며 반납해야 했지만 생산성만 좇던 삶 속에서 몇몇 즐거운 순간을 경험하고 잭의 머리를 비누투성이 모호크 스타일로 만드는 기회를 얻었으니 적절한 거래였다고 할 수 있다(이때 잭의 웃음소리는 모든 것을 불가능하게 만들었다).

하지만 지금 나는 혼란스러운 마음에 도서관 책을 한동안 그냥 손에 들고 있다. 아직도 내가 작가일까? 남은 개월 수를 세고 또 세느라 마음이 빙빙 돈다. 듀크대학교에 영구직 자리를 확보할 수 있는 중요한 책을 쓰는 데 1년 반이라는 시간이 남았지만 나는 언제 죽을지 모른다. 10월, 11월, 12월, 1월,

2월, 3월, 4월, 5월, 6월. 9개월? 나는 책을 한쪽에 내려놓았다.

오전 중반쯤 잭을 눕혀 낮잠을 재우고 조정된 오늘에 다시 집중했다. 병원에서 좋은 소식을 받았고, 그로 인해 집안의 모든 사람이 약간 희망에 가득 차 있다. 내가 그 신기한 암에 걸린 3퍼센트의 환자들 중 하나라는 것이다. 희박한 치료 가능성은 마치 헬륨 가스처럼 현기증 나는 초현실적인 느낌이다.

카트라이트 박사는 아주 들뜬 목소리로 이 신기한 암의 치료 과정에 대한 정보를 내게 전했다. 대부분의 암 환자는 직접적이고 지독한 힘으로 암세포들과 싸우는 각종 화학요법 치료를 받는다. 내 암에는 화학요법에 더해 키트루다_{Keytruda}라는 면역 치료제를 쓸 수 있지만 그 약은 아직 '시험 단계'라 차를 타고 남쪽으로 여섯 시간 거리인 조지아주 애틀랜타에서 '임상 시험'을 통해서만 이용할 수 있다. 이건 감당할 수 없을 정도의 행운이다. 최고의 약이 내가 닿을 수 있는 거리에 있으니 말이다.

"듀크의 보험이 적용될까요?"

나는 지나친 희망을 품기 전에 흥분을 억누르려고 애쓰며 물었다.

박사는 이마를 탁 쳤다.

"그 생각은 미처 못했네요!"

농담인가? 토번은 입을 떡 벌리고 나를 힐끗 쳐다보았지만 우리는 곧 이런 상황에서 반어법이 등장할 리 없다는 깨달음에 도달했다.

그렇지만 그 어떤 것도 우리의 사기를 꺾을 수는 없다. 모든 조치가 앞으로 나아가는 한 걸음처럼 느껴졌다. 그래서 잭의 오전 낮잠 시간 동안 보험 관련해서 이리저리 가망 없는 전화를 돌리고, 매주 조지아로 가는 비행기 표를 살 수 있도록 도와주겠다는 인심 좋은 교회 친구와 동료들에게 감사 편지를 쓴다. 물론 기적적으로 내가 임상 시험 대상자로 선정된다면 말이지만.

나는 전처럼 쾌활하고 지칠 줄 모르는 야심가의 면모를 보이려고 하지만 아무도 속지 않는다. 나는 마치 몇 시간마다 다시 감아 주어야 하는 회중시계 같다. 시작은 자신감이 넘치지만 내가 일어서면 가족 중 누군가가 곧바로 내 뒤에 의자를 놓아 준다. 세 시간마다 작고 둥근 알약을 먹고, 네 시간마다 조랑말을 질식시킬 수 있을 만큼 커다란 노란색 알약 몇 알을 먹는다. 그중 하나는 내 코를 간지럽게 하고 다른 하나는 머리를 띵하게 만든다. 그 어떤 약도 식욕이 돌게 해주지는 못한다. 하지만 이것이 바로 암이 똑딱똑딱 가는 소리다.

내가 휴식은 '완전한 낭비'라고 큰소리를 쳐 놓았기 때문에 가족들은 나를 속여서 여가를 즐기게 하려고 애쓴다. 탁자 위에 뜬금없이 퍼즐이 놓여 있기도 하고, 아빠가 갑자기 마무리하고 있는 책에 대한 내 의견이 필요하다며 한 장만 읽어 봐줄 수 있느냐고 묻는다. 엄마는 꼭 최후의 날을 준비하는 곰처럼 불 앞에서 다가올 겨울을 위한 양식을 마련하고 있지만 내가 냄비를 좀 저어 주려고 하면 전혀 도와줄 필요가 없다며 거실에 가서 앉아 있으라고 한다. 그리고 거실에서는 토번이 나를 담요로 꽁꽁 싸려고 벼르고 있다.

이 드문 상황 속에서 나는 논쟁을 생략하고, 말을 삼키고 너무 늦기 전에 말해야 할 것들을 찾기 위해 아직 끝맺지 못한 과거의 일들을 찬찬히 살펴본다. 인터넷 비밀번호들을 적어 두고 구독 서비스를 해지한다. 나는 평생 '완벽한 하루'의 생체 리듬을 익히고, 아침 루틴을 정복하고, 작업 흐름을 계획하며 오로지 앞만 보고 달려왔다. 그러나 이제는 곧장 벼랑 끝으로 향하는 전혀 다른 길을 따라가야 하며, 나의 모든 결정은 그 길이 언제 끝날 것이라고 믿느냐에 따라 달라진다.

밤에 잭이 마침내 잠자리에 들면 나는 두 가지 규칙에 따라 생활한다. 첫 번째는 아빠에게 배운 규칙이다. 아빠는 1971년의 고전 영화 〈트로이의 여인들〉(고대 도시의 몰락에 따른 노예화를 다룬 그다지 유쾌하지 않은 오락물)을 보고 나서 다시는 슬픔을 돈 주고 사지 않겠다고 선언했다. 이후 '불필요한 슬픔 금지령'이 시행되어 매일 저녁 식사 후에는 텔레비전 프로그램, 영화, 노래, 책 내용이 슬픈지 신중히 검토한다.

두 번째 규칙인 '감사령'은 첫 번째 규칙과 최대한 균형을 이루도록 한다. 나는 진단 이후에 일어난 좋은 일을 전부 목록으로 작성했다. 나를 보러 와 준 사촌들, 이모들과 고모들, 삼촌들, 카드를 보내 준 친구들, 그리고 치료 진전을 느낄 수 있는 내 건강의 사소한 정보까지. 커다란 화이트보드 위에 파란색 마커로 내 축복을 헤아리고, 이것을 벽난로 위에 두어 모두가 볼 수 있게 한다. 새벽 2시, 나는 완전히 깨어 있는 상태로 그 축복들을 기억하려고 노력하지만 내 마음은 한 가지 명백한 사실로 기운다. 이것만으로는 충분하지 않다는 사실이다.

아무리 고통스러운 경험을 긍정적인 시각으로 보고 작은 성과들에 집중하려고 해도, 감사함을 해결책으로 만들 수는 없다. 또 내가 감사한 일을 찾아내려고 노력하면 할수록 그것은 슬그머니 모습을 감춘다.

나는 전부터 잭이 가장 좋아하는 이야기를 읽어 주고 있다. 엄마 토끼가 아기 토끼를 찾아 헤매는 내용이다. 엄마 토끼는 아기 토끼를 위험에서 구하기 위해 산을 오르고 바다를 항해하고 높은 곳에 걸린 줄에 서서 비틀거린다. 그리고 잭은 깜짝 놀라기를 아주 좋아한다.

"아, 안 돼!" 잭은 책장을 넘길 때마다 소리친다.

"걱정하지 마." 나는 좋은 냄새가 나는 잭의 정수리에 입을 맞추며 말한다. "네가 어디를 가든 내가 찾으러 갈 테니까."

하지만 이제는 그 말이 자꾸만 목에 걸린다. 우리는 매일 내가 잭을 찾을 수 없는 미래로 달려가고 있다. 잭의 발이 보드라운 잠옷의 단 끝까지 닿는 것이 보인다. 요즘은 아기 침대 옆으로 기어 올라가고, 낮잠 시간에는 미동도 없이 자는 대신 수다를 떤다. 나는 점차 줄어드는 자원을 가지고 사는 법을 배우며 모든 사항을 애정을 가지고 목록화하고 있다. 하루라는 시간은 잭의 고무장화와 겨울 코트 사이즈가 작아져서 바꿔야 할 만큼 길지 않다. 나는 잭이 수영을 배우느라 미친 듯이 다리를 움직일 때 그 부드러운 배를 잡아 주지 못할 것이며, 그가 뻗친 머리카락을 가라앉히려고 애쓸 때 곁에서 고개를 끄덕이며 지켜보지도 못할 것이다. 내게 잭은 친구에게 물려받은 아기 침대에 누워 있는 모습으로 영원히 기억될 것이다.

"케이트, 아기 침대를 빌려 가는 거야, 가져가는 거야?"

토번이 아기 침대를 트렁크에 실을 때 친구가 내게 물었다.

"다시 돌려줄 일은 없을 거야. 나한테 계획이 있거든." 나는 웃으며 말했다.

3

비극적인
상황에서는 누구나
계산적으로 된다

○

여행은 이제 시작이다.

나는 무엇을 내려놓을 수 있을까?

한 번에 전부 하려다 보면 실패할 가능성이 높다고 했던가. 우리가 처음 방문했을 때 심리상담가 피터는 내 갑작스러운 진단에 대해 주의 깊게 들었다. 나는 거의 계속 울었고, 내가 겨우 속에서 모든 말을 다 끄집어낼 때까지 그는 5분마다 휴지를 건네주었다.

"저는 죽기 싫어요."

마치 심리상담가가 죽고 사는 문제의 결정권자인 양 나는 그에게 애원했다.

"그럼요, 당연히 그러시겠죠."

피터가 부드럽게 말했다.

"제가 당신들에게 솔직하려고 얼마나 노력하는데요."

"저요? 저희요?"

"당신들! 평범한 사람들이요! 아시잖아요, 자기는 괜찮을 거라고 생각하는 사람들."

그는 억울한 표정을 지어 보려 하지만 결국 우리 둘 다 씩 웃고 있다.

"죄송해요. 못되게 굴려는 건 아니에요. 하지만 다들 어느 수준에 이르면… 음, 잘은 모르겠지만 중산층쯤 되면 행운이 보장된다고 가정하고 앞으로 나아가는 것 같아요. 인간의 삶은 언제라도 끊어질 수 있는 한 오라기 실에 매달려 있다는 걸 모르는 것 같다고요."

피터는 잠시 생각에 잠긴다.

"당신의 마음이 항상 두 트랙 사이를 왔다 갔다 한다고 말했었죠? 낙관적인 트랙과 현실적인 트랙."

현실적인이라… 배 속이 뒤틀린다.

"저는 오지 않을 수도 있는 미래를 바라고, 그러는 동안 온갖 결정을 내려야 해요. 실수를 하면 안 될 것만 같죠. 제가 잘못하고 있는 거면 어쩌죠?"

나는 힘없이 어깨를 으쓱했다.

피터는 자신이 조언을 많이 하는 편은 아니라고 말했지만 내가 일반론적인 것에 만족하지 않을 것을 아는 듯하다. 그래서인지 내게 애팔래치아 트레일(미국 동부에 있는 장거리 하이킹 코스—옮긴이)의 도보 여행자들로부터 배운 비법 하나를 이야기해 주었다. 전체 코스에 도전하는 사람들은 3,500킬로 미터가 넘는 험난한 길을 따라 6개월 이상 짐을 지고 걸어가야 한다. 열정 넘치는 초심자들은 방수포, 텐트, 조리 도구, 휴대용 병, 그래놀라 바 등으로 가득 찬 무거운 배낭을 지고 트레킹을 시작한다. 그래서 이 긴 여정에서는 첫 번째 휴식이 가장 중요한 시간이다. 여행자는 이미 지친 기색이 역력하지만 여행은 이제 시작이다. 그들은 "내가 무엇을 내려놓을 수 있을까?" 자문해 보아야 하는 결정의 순간에 다다른 것이다. 여분의 냄비, 양털 후드티….

"이건 힘든 여정이 될 겁니다. 당신은 무엇을 내려놓을 수 있나요?"

피터가 물었다.

항암 치료용 포트를 삽입하는 수술을 받는 날 아침, 나는 얼마나 많은 것을 내려놓아야 할지 떠올려 봤다. 지금 모습을 그대로 유지할 수는 없다. 모든 것이 변했고, 되돌릴 방법은 없다. 나는 간호사들에게 내 옷을 넘겨주고, 가운에 팔을 끼워 입은 다음 등 부분을 묶고, 마지못해 이동식 침대 위로 올라간다. 그리고 흉곽에 닿는 매끄러운 피부의 느낌을 마지막으로 느끼며 흉골 위를 쓰다듬는다. 이제 간호사가 내 피부에 노란색 소독약을 바르고, 또 다른 간호사는 카테터를 꽂기 위해 팔꿈치 안쪽 혈관들을 주무르고 있다.

나는 오직 한 가지만 생각하기로 했다. 이 끔찍함은 잠시뿐일 거야.

의사와 간호사들이 신중하게 수술 준비를 하는 소리가 들리더니, 곧이어 내 무거운 팔다리와 가운이 그들의 손에 의해 움직이고 산소 마스크가 내 입 위에 조심스럽게 씌워졌다. 나는 익숙한 잔교 끝에 서서 발가락을 잔교 가장자리 너머로 동그랗게 만 채 빙하호로 뛰어들 준비를 하고 있다는 상상을 했다. 캐나다 중부에 위치한 매니토바주의 여름이 아무리 무더워도 그토록 차갑고 깊이를 헤아릴 수 없는 파란색 물에 완전히 집어삼켜질 때는 완전히 복종할 수밖에 없다. 파란 병원 가운. 파란 수술모. 내 턱까지 덮인 풀을 먹인 파란 병원용 시트. 깨어나 보면 신겨져 있는 파란 양말.

수술이 끝나고 마침내 깨어나 집에서 회복할 수 있게 되었을 때, 나는 목적을 가지고 움직였다. 붕대를 감은 가슴의 낯선 굴곡을 쓰다듬으며 느릿느릿 옷장으로 걸어가 문을 열고 옷들을 끄집어내 여러 더미로 분류해 쌓았다. 신축성 있는 밴

드나 끈으로 허리를 늘릴 수 없는 옷은 버린다. 혼자 입기 불편하고 복잡해서 누군가의 도움이 필요한 옷도 불합격이다. 등에 지퍼나 여러 개의 단추 또는 잠금장치가 달린 옷, 목 부분이 너무 파여서 갓 생긴 수술 자국이 보이는 옷도 안 된다 (다른 이유로 흑백 줄무늬 셔츠는 곤돌라 사공처럼 보인다는 말을 듣고 버리기로 한다). 핏자국이나 식염수 얼룩을 쉽게 지울 수 있는 옷, 건조기에 돌려도 되는 옷, 한 손으로 벗을 수 있는 옷은 남겨둔다.

나는 내가 마지막으로 입었던 고무줄 바지를 들어 올렸다. 보기 싫게 부어 있던 시기를 지나 예쁘게 배가 나온 건강한 임신부처럼 보이기까지 4개월이 걸렸다. 나는 그 바지를 다시 보드라운 임부복 더미 위에 올려놓은 다음 그 더미를 천천히 들어 올려 계단 아래로 던졌다.

1층에 있던 아빠가 투덜거렸다.

"그게 도움이 되는 일이니? 그만하라고 했잖아!"

엄마가 계단을 뛰어 올라와 방 안으로 고개를 들이민다.

"애, 뭐 하는 거야?"

엄마는 걱정스러운 표정으로 바닥에 쌓인 옷 잔해들을 훑어보았다.

"놓아주고 있어."

나는 차분하게 말했다.

* * *

당신의 삶에 꼭 필요한 것은 무엇인가?

북미 문화권 사람들은 이 질문에 집착해 왔다. 제2차 세계 대전 이후 신흥 백인 중산층의 욕망을 충족시키는 화려한 물질만능주의 시대가 도래했다. 부모들은 경제적 번영 속에서 아이들을 키웠고, 부모 세대가 대공황 시대에 가졌던 두려움은 힘든 삶, 어려운 선택, 그럭저럭 살아가는 이야기로 변해 갔다. 베이비 붐 세대인 부모들은 바다에서 수천 킬로미터 떨어진 대초원 한가운데서 비치 보이스(1961년에 결성된 미국의 록 밴드 – 옮긴이)의 노래를 부르고, 육상 요트만큼 큰 쉐보레를 빌려 폭주 드라이브를 즐기며 10대 시절을 보냈다. 여성들이 혼수함을 채우고 신혼집 진열장에 혼수 그릇들을 장식하던 시절이었다.

우리는 풍요로움을 숭배한다. 거물 기업가들, 피트니스 제국 건설자들, 활짝 웃는 텔레비전 전도사들, 음악계의 전설들, 훈장을 받은 운동선수들 등 화려한 생활 방식과 총체적 성공으로 더 많은 가능성을 보여 주는 사람들. 열두 대의 차가 주차된 차고와 인피니티 풀, 걸어서 드나들 수 있는 옷장과 빨간 밑창이 달린 하이힐. 지난 50년 동안 미국 경제는 호황과 불황을 왔다 갔다 했음에도 불구하고, 우리는 우리 모두에게 넘칠 만큼 풍요로운 미래가 있을 거라고 믿으며 '충분함'을 넘어서는 이야기들에 집착한다.

가장 기본적인 것만 갖춘 삶에 대한 가이드들조차 극적이다. 잡동사니를 줄이고 싶다면? 곤도 마리에(일본의 정리 컨설턴트─옮긴이)식 방법을 시도해 보자! 멋진 오크 나무로 둘러싸인 소박한 농가에서의 '단순한 삶'은 어떤가? 화요일에는 탭댄스, 목요일에는 축구, 일요일에는 바이올린 등 완벽하게 짜인 아이들의 취미 활동 스케줄에 투자함으로써 가족에게 집중하자! 그런 선택들이 우리를 통제에 대한 환상에 빠뜨리는 사치라는 사실을 잊고 있을 때는 내려놓는 것을 상상하기가 쉽다. 하지만 그 선택지들이 사라지는 상황이 될 때까지, 누군가가 죽거나 떠나거나 무언가가 파괴될 때까지, 우리는 그저 포기하는 척할 뿐이다.

우리는 과잉으로 인한 집단적 피로감에 헐떡이면서도 우리 삶을 일일이 들여다보며 궁금해한다. '이게 다야? 이게 내 삶

에 꼭 필요한 전부야?'

수술 이후 나는 냉철한 실용주의자로 바뀌었다. 실용주의는 단순히 실용적인 사람이 되려는 노력이 아니다. 그것은 방대한 철학적 주장들의 집합이지만 기본 아이디어는 이렇다. 목표에서 시작해 거꾸로 진행해 나가는 것. 야구나 연애 리얼리티 쇼만큼이나 미국적인 간단한 기준이다. "좋은 것인가?"라는 문구를 "효과가 있는 것인가?"로 바꾸고, 선호하는 것과 관계없이 꼭 해야 할 일을 할 것. 고통은 우리를 변화시키고 중요한 깨달음을 얻는 데 필요한 과정이다.

* * *

나는 애틀랜타의 한 병원에서 힘든 임상 시험 치료를 시작했다. 수요일마다 노스캐롤라이나에 있는 내 침대에서 새벽 3시 45분에 일어나 비행기를 타고 가서 자정쯤 새 항암제 팩을 달고 앞으로 해독해 나가야 할 두툼한 진료 보고서 더미를 든 채 귀가한다. 철분 수치가 너무 낮게 떨어지고 있고, 신장과 관련된 어떤 수치는 너무 높아 보이며, 스캔 영상에서 종양들이 줄어들긴 했지만 여전히 없어지지 않고 점점이 찍혀 있는 게 보인다.

내게 꼭 필요하지만 없는 것이 몇 가지 있다.

치료비. 부모님과 형제자매들은 이제 집을 담보로 대출을 받고 있고, 은퇴 계획은 미뤄 둔 채 보험으로 지원되지 않는 비용을 감당하고 있다.

더 많은 자녀. 나는 아이를 더 이상 가질 수 없다. 이것은 임상 시험 참여에 따라붙는 여러 조건 중 하나다. 면역요법은 최신 기술이기 때문에 의사가 나에게 서명할 서류를 보낼 때 최근에 수정된 내용을 숨기는 걸 깜빡 잊는 경우가 있다. 그 내용은 마이크로소프트 워드 문서의 여백에 빨간색 글씨로 적혀 있었다. 예상되는 부작용 목록에는 그 외에도 수십 가지 흥미롭고도 충격적인 것들이 나열되어 있었다(분출성 구토라니, 좋고말고요!).

더 막막한 것은 내 몸속에 약이 더 잘 주입될 수 있도록 항암제 수액 팩을 매주 며칠씩 허리에 감고 있어야 한다는 것이다. 이 팩과 자동 투여기가 내 몸에 고정될 때면 마치 폭발을 앞둔 시한폭탄처럼 리드미컬하게 딸깍 소리가 나서 가족들에게 접근 금지 경고를 한다. 관을 잡아당기면 안 된다는 이유로 내 아기, 그 몰랑몰랑한 팔다리와 입맞춤하려고 오므리는 조그마한 입술이 계속해서 내 품에서 떨어져 나간다. 나는 유독하다.

이런 종류의 정신적 부담에서 오는 현기증을 견디는 법을 배워야 한다. 나는 유언장 양식을 사서 집에 있는 컴퓨터로 출력해, 어느 밤 디저트 먹는 시간에 증인이 되어 줄 사람을 찾는다. 병원 의료진이 무심코 해준 '죽는다는 생각에 빨리 익숙해질수록 좋다'는 조언을 들은 후 나를 기억할 수 있는 가족사진을 찍기 위해 사진가를 집으로 부르기로 한다. 나는 활짝 웃으며 내 남편, 앞머리가 너무 길어 버린 어린 아들 그리고 눈을 세차게 깜빡이며 눈물을 참고 있는 우리 엄마를 양팔로 감싸 안는다. 아빠만 따로 덩그러니 떨어져서 어디 한 대 쳐 보라는 듯 턱을 치켜들고 서 있다.

순수한 실용주의는 감성적인 행동을 용납하지 않는다. 나는 삶이 얼마나 가치 있는지 알아보는 간단한 계산에 대해 솔직해야 한다. 당신은 몇 살인가? 돈을 얼마나 버나? 결혼한 지 얼마나 되었나? 자녀는 몇 명인가? 우편번호는? 때로는 사람들이 모르는 누군가에게 내 소식을 전할 때 타인이 계산한 내 삶의 가치를 들을 수 있다.

"그 여자는 서른다섯이에요. 암 4기. 난데없이요. 네, 아들이 하나 있어요. 그리고 고등학교 때 사귄 남자와 결혼했대요."

비극적인 상황에서는 누구나 다 계산적으로 된다.

그래서 나도 그렇게 하려고 한다. 내 고용 혜택에 관한 자세한 설명을 듣기 위해 듀크대 인사부에서 린다라는 여성을 만나기로 약속을 잡았다. 나는 전화로 미리 설명해 두는 게 합리적이라고 생각했다. 내가 올해 죽을지도 모른다는데, 죽을 경우 우리 가족이 받을 수 있는 혜택이 어떻게 되는지 알고 싶다고 요청했다.

"제 아들이 대학에 입학하면 등록금 지원 혜택을 받을 수 있을까요? 오지 않을 은퇴를 위해 납입한 돈은 어떻게 되나요?"

"사무실로 오셔야 할 것 같아요. 그때까지 제가 질문하신 내용에 대한 답을 준비해 둘게요." 린다는 상냥하게 말했다.

관료제는 자기가 하는 일에 인간성이 필요한지 여부를 매일 선택해야 하는 사람들로 구성된 자동화 체제다. 린다와 통화하기 일주일 전에 나는 듀크대 교통관리실에 장애인 주차권을 신청했다가 거절당했다. 항암 치료 때문에 추위에 심한 알레르기 반응이 나타나서 의사는 겨울에 내가 사무실까지 먼 거리를 걸을 수 없다고 설명하는 소견서를 써 주었다. 하지만 교통관리실 직원은 점잔을 빼며, 그 소견서에는 추운 날씨에 걸을 수 없다고 적혀 있을 뿐 서 있을 수 없다는 말은 없다고 말했다.

"버스를 타세요." 그는 서류를 다시 내 쪽으로 밀었다.

또 보험 처리가 거부된 치료비 수만 달러의 청구서들이 날아오기 시작해, 매주 하루나 이틀은 담당자와 연결될 때까지 기다리라고 말하는 것이 주된 기능인 사이보그와 전화로 옥신각신해야 했다.

그런 까닭에 린다가 문 앞에서 내 이름을 부르며 맞이하고 신중하게 질문하며 책상 앞으로 안내할 때 감사한 마음이 솟구쳤다. 나는 생명보험을 보장받을 수 있는 최종 단계에 있다가 갑자기 암 진단을 받는 바람에 보장을 거부당했으며, 이제 이렇게 가족을 남겨 두고 갈 생각을 하니 절망적인 심정이라고 설명했다. 린다가 내게 해줄 수 있는 약속은 몇 안 되었지만 그 밖에 내가 정리해 두어야 할 금융 정보 목록(은행 계좌와 비밀번호, 퇴직 계좌와 혜택 그리고 건강보험 가입 증명서)을 알려 주었다. 그러고는 폴더 앞면에 무언가를 적어 책상 위로 밀어 주었다.

"그걸 여기에 다 넣고, 만일 당신이 떠나게 되면 남편이 찾을 수 있는 곳에 보관하세요. 여기 앞면에 제 번호를 적어 두었으니 남편께서 못 보실 리 없을 거예요. 제가 안내해 드릴 수 있어요."

그녀는 내 눈을 쳐다보며 말했다. 위기 상황에서 가장 도움이 되는 사람은 꼭 해야 할 일에 어떤 희생이 필요한지를 정확히 아는 사람이다.

* * *

나는 완전히 보이지 않는 끝을 향해 점점 더 빠르게 밀려가고 있는 느낌이 든다. 얼마나 많은 치료를 견뎌야 할지에 대한 계획은 전혀 없다. 아는 것이라곤 60일마다 내 병을 측정하는 장치에 올라가야 한다는 것뿐이다. 달력에 적힌 날들이 빠르게 지나간다. 그동안 우리는 잭을 침실 문틀에 세워 놓고 전보다 키가 3센티미터쯤 더 커졌음을 연필로 표시했다. 그리고 병원 밖에서 보내는 짧은 기간에는 집 앞 데크에 좁은 도로를 그려서 잭이 장난감 자동차를 가지고 왔다 갔다 하며 놀 수 있게 했다. 골드피시 크래커를 먹으며 해가 질 무렵까지 해먹에 누워 있다가 저녁에는 또 시리얼을 먹어야겠다고 마음먹는 것, 내가 생각하는 영원함이란 이런 것이다.

지금까지 나는 유한함의 문제를 해결하려고 노력해 왔다. 그 고집스러운 시간들에 무한함을 쏟아부으려 애썼다. 하지만 내 시간은 계속 흘러 가고 있다. 나는 잠든 아들의 속눈썹이 떨리는 순간을 보려고 아이의 침대에 매달려 있곤 했다. 아들은 천천히 내게 시선을 고정시켰다. 어느 화요일 아침에 나를 다시 발견하듯 아주 천천히. 그러나 이제는 그 또한 내 착각이었음을 안다.

내가 순간으로 기억했던 것이 사실은 몇 분이었던 것이다.

4

죽기 전에
무엇을
하고 싶나요?

○

아이 두 명을 낳고 싶었다.

세계를 여행하고 싶었다.

엄마의 손을

마지막으로 잡아 주는 사람이 되고 싶었다.

6개월이 지났고 매주가 똑같다. 나는 애틀랜타로 날아가 하루의 대부분을 병원에서 화학요법 주사나 면역요법 주사, 또는 둘 다 맞는다. 그러는 사이 임상 시험 담당 의사들은 데이터를 수집한다. 얼마나 아프세요? 아직 손과 발에 느낌이 있나요? 약으로 인한 '입벌림 장애'는 여전한가요? 또 다른 부작용은 없나요? 혈액 검사 결과는 내 장기들이 얼마나 유독성에 근접해 있는지를 보여 준다.

"어서 해치워 주세요."

의사가 준비되었느냐고 물으면 나는 밝게 대답한다. 나는 암 환자계의 존 매클레인(1988년에 개봉한 액션 영화 〈다이 하드〉 시리즈의 주인공 — 옮긴이)이 될 것이다. 동의서에는 엄격한 치료 계획표를 지키지 않는 환자는 더 이상 면역 치료를 받을 자격이 없다고 명시되어 있지만 몇몇 부작용 때문에 임상 시험에서 쫓겨날 수는 없다. 내 발은 별 느낌이 없이 무겁고 다루기 힘들며 손끝은 아예 감각이 없다. 코를 찡그려 보니 역시 아무 감각도 느껴지지 않지만 이런 생각은 무시한다. 이 치료가 실패하면 다른 선택의 여지가 없기 때문이다.

60일마다 나는 임상 시험 연구에 계속 참여할 자격이 있는지 알아보는 보고서를 받는다. 내가 회전하는 CT 기계 안에 누워 있으면 내 정맥을 따라 염료가 흐르고, 의사들은 화면상의 덩어리들을 측정해 내 간의 종양들이 자라고 있지는 확인한다. 종양이 자라지 않은 경우 그들은 미소를 짓는다. 하나님께 찬미를! 두 달 더 연구에 참여할 자격을 얻은 나는 깊은 숨을 들이쉬며 다시 시작할 수 있다는 희망을 품는다. 아마 나는 남은 인생 동안 이 일을 하게 될 것이다. 그게 무슨 의미인지는 모르겠지만.

암이 생기기 전 내가 사랑했던 세상에는 나름대로의 측정 기준이 있었다. 나는 엄마보다 크고 아빠보다 작다. 내가 자란 곳에서는 겨울에 눈이 많이 쌓여 처마에 닿을 지경이라며 다들 투덜거리곤 했다. 우리는 봄에는 홍수가, 여름에는 모기가 올 것을 생각하며 팔짱을 끼고 고개를 가로저었다. 이건 불변의 진리나 마찬가지라서 내가 탄 비행기가 매니토바주

위니펙에 내리면 친구와 가족들은 당장 나를 방수로(홍수를 막기 위해 유량을 조절하며 물을 흘려보내려고 만든 인공 물길 – 옮긴이)로 데려가 수위를 보여 주고 싶어 안달한다. 그들이 외친다. "봤지? 이게 모기 수에 어떤 영향을 주는지 알아?"

우리는 여러 새로운 자연재해, 새로운 계산을 즐긴다. 지난가을에는 바람과 눈 때문에 수많은 나무가 쓰러져서 몇 달 동안 모두 나뭇가지 얘기만 했다. "마라톤 얘기 들었어? 나뭇가지가 너무 많아서 취소됐대."

간호사가 내 혈액 검사 순서를 불러 주기를 기다리는 동안 나는 아빠에게 익숙한 숫자들이 그립다고 말했다.

"전부 그런 식으로 측정되곤 했지."

아빠는 별다른 설명 없이 말했다. 그건 오래된 속임수다. 지적인 웜홀(서로 다른 두 시공간을 잇는 통로를 의미하는 가상의 개념 – 옮긴이)에 정보를 매달아 두는 것. 나는 어떻게든 그것에 닿고자 한다.

"예를 들면요?"

"음… 어디 보자." 아빠는 플라스틱 의자에 편안히 기대어 앉는다. "사람의 발을 생각해 봐. 우리는 그게 어떻게 생겼고 길이가 보통 어느 정도 되는지 알고 있으니까 수 세기 동안 사람들은 신발 길이로 거리를 측정했어. 1인치는 보리 세 알이었고 1야드는 영국 왕의 코에서부터 엄지손가락 끝까지의 길이였지."

"어떤 왕이요?"

나는 옆에서 들리는 기침 소리를 무시한 채 물었다.

"헨리 1세. 또 에이커도 있는데, 그건 사람이 황소 한 마리를 부려 하루 동안 갈 수 있는 면적이란다."

"마일은요?"

"로마 병사의 걸음으로 1,000보."

아빠는 망설임 없이 대답한다.

"어리석은 거 아니에요? 제 말은⋯ 모든 건 보편적이어야 하잖아요?"

"그거야 모든 중요한 것이 과연 셀 수 있는 것인지 여부에 달려 있겠지."

내 호출기가 울리고 간호사가 내 이름을 부른다. 앞으로 몇 시간은 피와 식염수와 내 정맥에 주입되는 화학요법제의 차가운 따끔거림이 단위로 측정될 것이다.

"정말 그런 것 같아요, 아빠."

나는 간호사실 커튼 뒤로 사라지며 말했다.

* * *

위태로운 진단을 받은 나는 암 클리닉에서 정신 건강 평가도 받게 되었다. 그 시간에는 케이틀린과 비슷한 이름의 친절하고 호의적인 상담사들이 내 의미를 찾아보라고 말한다. 그들은 다른 많은 환자들이 자신의 의미를 명확하게 찾기 위해 했던 것처럼 버킷리스트를 만들어 보면 어떻냐고 묻는다. 새로운 기술을 배울까? 고전 영화를 볼까? 다시 불붙일 수 있는 열정이 없을까? 십자수? 빈티지 자동차 복원? 열기구를 타고 날아오르기?

상담사들이 이야기하는 동안 메모를 해보려고 했지만 버킷리스트라는 용어의 기원에 대해 인터넷에 한차례 검색을 하다가 그것이 잭 니컬슨과 모건 프리먼이 출연한 동명의 2007년 개봉 영화 때문에 유명해졌다는 것을 알고는 한동안 실망감에 빠졌다.

따분하다. 하지만 그래도 상담사들의 조언에 따르는 노력을 해보기로 결심한다. 어차피 죽음에 대해 아는 것도 없지 않은가? 한 번도 해본 적 없는 일이니까.

치료가 없는 자비로운 날이면 나는 도서관 책 더미 속에서 버킷리스트의 역사를 파헤치느라 긴 오후 시간을 보낸다.

그 문구 자체가 처음 등장한 시기를 파악하기는 쉬운 편이다. 18세기에 버킷리스트는 스스로 발밑의 양동이를 걷어차는 자살 행위나 양동이를 걷어차이는 끔찍한 살인 상황을 일컫는 말이었다. 그러나 우리가 결정적인 경험들을 모색해야 한다는 생각은 우리의 역사 기록만큼이나 오래된 것이다. 고대 그리스인들은 바빌론의 공중정원과 기자의 피라미드를 포함한 세계 7대 불가사의 목록을 수집했다. 로마 제국을 여행하는 사람들은 가이드북을 보고 그리스 철학자 피타고라스와 그의 유명한 정리가 탄생한 곳을 찾아갈 수 있었다.

4세기에는 콘스탄티누스 대제 치하에 기독교가 우세해지면서 예수와 성인들에 의해 신성화된 장소들로의 순례라는, 전과 다른 형태의 버킷리스트가 등장했다. 그런 곳에 교회와 성지들이 세워졌고, 이후 신자들은 성스러운 여행 순회로를 만들어 갔다. 중세 시대 동안 이 길들은 성스러운 유골, 조각상, 묘지, 유물 그리고 캔터베리부터 예루살렘까지 기독교 세계 전역에 흩어져 있는 예배당들을 보기 위해 장대한 여행을 떠나는 순례자들로 바글거렸다.

버킷리스트는 '죽기 전에 무엇을 하고 싶나요?'라는 어두운 질문을 도전으로 위장한다. 우리는 헨리 데이비드 소로의 말대로 '인생을 깊이 살고 인생의 골수까지 빼먹기'를 원한다. 하지만 하고 싶었던 모든 것을 나열한다고 해서 이를 성취할 수 있을까? 정말 우리는 얼마나 많은 순간을 수집할 수 있는지에 집중해야 하는 것일까?

버킷리스트라는 아이디어는 우리의 호기심과 방랑벽, 헌신과 진취성을 사로잡아 우리를 미지의 모험으로 이끌지만 현대적 형태의 버킷리스트는 전혀 다른 것이 되었다. 여기 도서관 한가운데에서 나는 '죽기 전에 꼭 봐야 할 1,000가지' 같은 제목의 책 100여 권의 책등을 손끝으로 쓸어 본다. 현대 버킷리스트 산업에 사람들이 지속적으로 죽음에 대해 병적인 관심을 갖도록 하는 활동이 수두룩하다는 것은 기이한 일이다. 우리는 버킷리스트를 경험적 자본주의의 새로운 형태로 만들었다. 행글라이딩, 스노클링, 뉴욕 타임스퀘어에서 보내는 새해 전야와 파리에서의 봄…. 성공적인 삶은 완전해질 수 있는 삶이다.

버킷리스트 항목들의 문제는 종종 핵심을 완전히 놓치기 쉽다는 점이다. 우리가 자신의 한계를 직면하는 데 도움을 주기보다는 오히려 무한에 가까워지는 것처럼 느끼게 만든다. 무한한 시간과 자원이 주어진다면 우리는 무엇이든 할 수 있고, 누구든 될 수 있을 것이다. 비행기에서 뛰어내리는 경험을 통해 더 모험적이 되거나, 모든 대륙을 방문하며 더 많은 여행을 하거나, 각 시대마다 가장 유명한 책들을 읽음으로써 교양을 더 쌓을 수도 있다. 올바른 버킷리스트가 있으면 열망의 굶주림에 시달리는 일은 결코 없을 것이다.

하지만 무엇이 중요한지를 아는 것보다 버킷리스트 항목이 몇 개인지 세는 것이 훨씬 쉽다.

나는 평생 우리 엄마가 딸들의 시끌벅적한 모임을 방해했던 일에 대해 무자비할 정도로 놀렸다. 그때 엄마는 이렇게 말했다.

"잠깐, 잠깐만! 얘들아, 너희에게 할 말이 있어. 주목해 줘서 고맙구나. 1분밖에 안 걸릴 거야. 얘들아, 너희가 알아 둘 게 있는데… 여기 세 종류의 사과가 있단다."

엄마는 열려 있는 냉장고 맨 아래의 과일 서랍을 진지하게 가리켰지만 몹시 화가 난 우리는 더 이상 엄마의 말에 귀를 기울이지 않았다. '세 종류의 사과'라는 말은 보울러 집안의 수치로 남았다. 물론 나도 엄마가 되고 나서는 내 정신 능력의 대부분이 긴급 상황에 대비한 물품의 재고 조사에 쓰인다는 사실을 깨달았지만.

나는 항상 재고 조사를 한다. 키친타월이 다 떨어졌어? 누가 공항에서 엄마를 모셔 올 거야? 너희, 오빠 생일 기억나니? 이메일을 오후 5시까지 보내야 해. 매일매일은 기억할 가치가 있는 것들과 '세 종류의 사과'처럼 사소한 것들 사이에서 분류되어 수북이 쌓여 간다.

"목록을 작성해 보세요." 상담사가 제안한다. "당신이 하고 싶은 건 뭔가요?"

나는 각종 목록 작성에 뛰어나다. 가볼 만한 곳, 해석할 꿈들, 내가 좋아했을 법한 직업들, 보고 싶은 거대한 조각상들, 배웠지만 바로 잊어버린 언어들….

대학 시절 퍼킨스 패밀리 레스토랑의 종업원직에 지원했을 때, 매니저는 주방에서 그릇을 닦는 직원들이 다 들을 만큼 큰 소리로 내 이력서를 읽었다. "기타 능력 난에 뭔가를 추가했군요." 매니저는 극적인 효과를 위해 잠시 멈췄다. "고대 그리스어와 라틴어가 유창하고 독일어와 러시아어 독해력이 우수하다고 썼네요. 하지만 프랑스어는 예전만큼 잘하지 못해 아쉽다고요?" 그러고는 이력서를 내려놓고 양손으로 얼굴을 비볐다.

그리하여 나는 심야 근무를 맡아 인근의 코요테스라는 바에서 나와 비틀거리며 집으로 향하는 술 취한 대학생들을 맞이하게 되었다. "봉주르! 빌콤멘!"*Bonjour! Willkommen!* 나는 그들에게 이렇게 인사했다.

잔뜩 취한 남학생들과 대화를 나누고 카운터 뒤에서 디저트 메뉴판으로 탑을 쌓으며 여름을 허비하는 것, 형편없는 차고 밴드에 가입하고, 스노모빌을 타고 얼음 위를 질주하는 것은 얼마나 큰 선물인가? 불태울 이야기들이 있다는 게 얼마나 큰 특권인가?

성경에서는 우리가 풀과 같다고 말한다. 우리의 영광은 그저 꽃일 뿐이다. 우리는 여기 있다가 갑자기 부는 바람에 휩쓸려 사라진다.

하지만 나는 여러 가지를 원한다. 더 많은 이야기를 원하고 삶 그 자체를 원한다. 이토록 삶에 꽉 매달리는 건 신의를 저버리는 걸까? 예수와 함께 식사한 제자들은 고향에서 멀리 떨어진 제국들에 예수의 삶에 관한 소식을 퍼뜨렸다가 그 신의에 의한 행동 때문에 즉시 십자가에 못 박히거나, 돌과 몽둥이에 맞아 죽거나, 산 채로 불태워졌다. 기독교인들은 믿음이 작디작은 겨자씨와 같지만 일단 심으면 공중의 새들에게 그늘이 되어 줄 만큼 울창한 나무로 자라난다고 이야기한다.

그러나 여기서 나는 구름 한 점 없는 날의 열기에 시들어 가고 있다.

하나님은 내버려두라고 하는데, 모든 것을 손에서 놓으라고 하는데, 내가 무언가를 원해도 되는 걸까?

몇 년 전, 내 학생의 아버지는 살날이 몇 달 안 남았다는 사실을 알게 되었다. 아주 놀랍게도 그에게는 소원 목록이 없었다. 사실상 그는 아무것도 바라지 않았다. 여행도 식사도. 그는 거실에 있는 푹신한 리클라이너에 편안히 앉아서 가족에 대한 사랑의 노래를 흥얼거렸다.

이 이야기를 떠올려 보니 궁금해진다. 사람은 나이가 들면서 받아들임에 익숙해지는 걸까? 그건 성격일까 성숙함일까, 아니면 당연한 현실주의일까? 원했던 것을 이미 달성해서였을까? 자식이 결혼하고 기념일을 맞이하는 것 혹은 중대한 목표를 이루는 것을 보았을까? 어느 정도면 충분한 걸까?

"전 그렇게 생각하지 않아요."

나는 상담사에게 사실대로 말했다.

언젠가 아빠에게 버킷리스트에 딱 한 가지만 적을 수 있다면 무엇을 적겠느냐고 물었을 때, 아빠는 망설임 없이 '트로이'라고 대답했다. 호메로스의 머릿속에 떠오른 상상일 뿐이라고 여겨졌던 고대 도시는 1870년대에 아마추어 고고학자이자 전쟁 때 막대한 이익을 본 상인 하인리히 슐리만에 의해 발굴되었다. 이 이야기는 어렸을 적 위탁 가정을 왔다 갔다 했던 우리 아빠가 위대한 발견을 하는 역사가의 삶을 꿈꾸도록 자극하기에 충분했다. 그리하여 아빠는 결국 트로이에 가게 되었다.

"여기 있네, 시인 앨프리드 테니슨이 바람 찬 트로이의 소란한 평원에 대해 쓴 구절을 읊조리며 둘러보고 있잖아."

진료를 기다리던 중 아빠가 휴대폰 속 사진을 손가락으로 가리키며 말했다. 상황에 맞게 탐험가 모자를 쓴 아빠는 말을 하던 중에 찍힌 듯 카메라 밖을 가리키고 있다.

"꿈을 이루셨네요, 아빠."

"맞아! 그러고 나니 모든 게 끝났지."

"삶이 급격한 하락세로 접어들었나요?"

나는 싱긋 웃었다.

"물론이지." 아빠가 내 어깨를 감싸며 말했다. "자식들이 있었으니까."

* * *

　나는 의학의 보편화된 언어, 그것의 정밀함과 중립성을 배우는 중이다.

　몇 달 동안 의사들을 매우 주의 깊게 지켜보며 표정이나 말의 억양에서 나타나는 뉘앙스를 하나도 놓치지 않으려고 노력했다. 상황이 안 좋은가? 더 나빠졌나? 간혹 내가 울거나 유독 꾸밈없는 질문을 하면 임상 시험 담당의는 소금을 맞은 민달팽이처럼 움츠러들었다.

"네, 그런데 제가 여름까지 살 수 있을까요?"

　내 질문에 그는 내가 받은 그리고 앞으로 받을 화학요법 치료 횟수를 혼잣말하듯 읊은 뒤 혈액 검사 결과를 자세히 설명하고 내 마지막 수술 보고서를 다시 읽었다. 그러고는 더 이상 할 말이 없다는 신호를 보내듯 컴퓨터 화면을 껐다. 나는 시간의 단위를 의미 있게 만드는 방법을 간절히 알고 싶었지만 그는 수량화할 수 있는 것만 말해 줄 뿐이었다.

　그러나 점차 상황을 파악해 가고 있는 나는 나에게 필요한 답을 줄 수 있는 질문들을 가지고 돌아오겠다는 희망을 품은 채 천천히 낯선 용어들을 메모해 가며 연구 논문을 뒤지고 있다. 의사들에게 사려 깊게 고개를 끄덕이고 아무렇지 않게 그들과 함께 앉아 지금 우리는 협력 관계에 있다는 암시를 보낸다. 이런 스캔과 방문들은 우리가 암에 대해 무엇을 배우고 있는지 논의할 수 있는 기회다.

나는 공항이나 대기실에서 프랑스 혁명에 관한 책을 읽는다. 현대의 수량화에 대한 집착은 프랑스 탓으로 돌릴 수 있겠다는 생각이 든다. 계몽주의 시대였던 그때는 시간 자체가 진보의 장이자 완벽을 향한 도덕적 행진으로 여겨졌다. 하지만 획일적인 관념들을 바탕으로 사회를 구성하는 데는 막대한 비용이 들었다.

프랑스 지도를 예로 들어 보자. 이 나라는 오래전부터 산맥에 의해 분리되고, 고대 언어들과 무역로에 의해 융합되고, 바다로 이어지는 강에 의해 형성된 다양한 면적의 26개 프로방스로 이루어져 있었다. 그런데 새로운 국가 지리학자들이 데카르트 좌표계에 프랑스 지도를 올리더니 '브왈라!'(짜잔!) 프로방스들은 폐지되고 거의 같은 크기의 89개 데파르트망으로 대체되었다. 새 경계선들은 하늘에서 보기에는 깔끔하고 우아하기까지 했다. 그러나 땅 위의 세계는 공통의 역사, 언어, 또는 관습에 대한 고려 없이 재구성되었다. 관념들을 다룰 때는 세부 사항들을 알아야 하는 수고를 덜 수 있지만 프랑스 지도에서처럼 의미 있는 것이 단순히 합리적이기만 한 것에 의해 대체되곤 한다.

보편적인 것은 실제로는 거의 보편적이지 않다. 프랑스 혁명가들이 각 월의 이름을 날씨에 따라 바꾸려고 했을 때, 사실 그들은 파리의 기후만 고려했다. 또 1미터를 어떻게 측정할지 결정하던 당시에는 적도와 북극 사이 거리의 1,000만분의 1을 계산할 때 자국 수도를 관통하는 선을 기준으로 삼았다. 역년(1월 1일부터 12월 31일까지의 기간)은 각 30일로 이루어진 열두 개의 달로 나뉘었는데, 그것이 지구가 태양 주위를 도는 실제 길이였다면 좋았을 것이다. 새로운 미터법은 10으로 나누어떨어지는 체계를 탄생시켰다. 심지어 100분을 한 시간으로 십진화하려는 시도도 잠시 있었다. 하지만 교회의 종들(포격에 녹아 버리지 않은 것들)은 계속해서 60분마다 울리며 마을의 생활을 유지시켰다.

수요일 저녁 늦게 집으로 돌아가는 비행기를 타기 전, 공항 에스컬레이터 밑에 숨어 눈물을 흘릴 때면 그 모든 관념의 대가를 느낄 수 있다. 나는 나 자신을 여러 의료 전문가가 이해할 수 있도록, 즉 합리적이고 수량화가 가능하게 만듦으로써 내게 일어나고 있는 일의 중대성을 이해하고자 했다. 하지만 지금은 깔끔하게 수량화할 수 없는 남은 부분이 내 목을 조이는 소리가 들린다. 나는 혈액 수치, 종양 크기, 생존율 등의 방대한 데이터 속 어딘가에 있지만 그 무엇도 어떤 일이 일어나고 있는지 이야기를 해주지는 않는다. 여기서 태어나고 저기서 자라고, 이것을 해보고 저것이 되고. 누군가의 자식, 누군가의 친구, 엄마의 빈자리를 극복하지 못할 누군가의 엄마…. 지금 나는 무한한 해석이 가능한 숫자에 불과하다.

* * *

몇 달 동안 치료, 스캔, 치료, 스캔을 끝없이 되풀이하다 보니 어지러울 지경이다. 내 서른여섯 번째 생일에 마지막 생일 축하 파티를 열어야 할까? 미리 알았다면 우리는 뭔가 다른 일을 했을까? 나의 피할 수 없는 죽음은 더 이상 비현실적인 관념이 아니기에 부모님, 친구들, 토번은 이 순간들이 무엇을 의미하는지 판단하기 위해 나만 쳐다보고 있다.

내가 항상 체크리스트를 손에 들고 있던 사람이라서 그렇게 쳐다보는 걸까? 계획대로라면 나는 종신 재직권을 보장받고, 러시아어를 마스터하고, 미네소타주 베미지에 가서 세계 최대의 폴 버니언 동상과 그의 위풍당당한 파란 황소 베이브

동상을 구경했을 것이다.

미약하나마 방향을 제시하고자 나는 다시 한번 시도해 보기로 결심했다. 어쩌면 우리는 노스캐롤라이나주에 있는 세계 최대의 야외 십계명(그중 하나는 철자가 잘못되었다)을 보러 갈 수도 있을 것이다. 나는 영감을 얻기 위해 오래전에 쓴 일기를 뒤적이다가 수십 년 전 써 둔 목록을 발견했다.

어느 날 밤 잠자리에 들기 전, 그 오래된 목록을 꺼내 이불 위에 펼쳤다. 여러 장에 걸쳐 파란 잉크와 연필로 쓴 글씨 그리고 마치 반딧불이들을 잡아서 병에 담아 두듯 새로운 상상들을 빨간색으로 끄적인 흔적들이 이어진다.

(5) 피라미드 보러 가기

(16) 스쿠터 타고 프린스 에드워드 아일랜드 여행하기

(42) 책 출판하기

(81) 제대로 된 빵 만들기

(86) 부모님과 베네치아 탐험하기

"이것도 버킷리스트라고 할 수 있을까?"

토번에게 물었다. 나는 화학요법제 주사 팩이 몸에 눌리지

않도록 세심하게 배치된 베개들 위에 편안히 누워 있다. 토번을 제대로 보려고 얼굴을 돌리려면 담요를 움직이고, 짜증을 내고, 다시 배치하는 과정을 거쳐야 한다.

나는 11학년 때부터 이런 목록을 작성해 왔다. 그때 나는 다른 열성적인 10대들과 리더십 프로그램에 참가하기 위해 어느 대회의장에 모였다. 우리는 마스킹 테이프와 신문지로 다리를 만들었다. 나는 손에 땀이 많다는 소문이 자자했기에 서먹함을 없애기 위한 게임에서 멋지고도 멋진 스콧 스튜어트와 손을 잡는 대신 화장실로 숨어 버릴 그럴듯한 이유를 댈 수 있었다.

하지만 그 주말의 정점은 인생 코치로서 순회 강연을 다니던 전 캐나다 풋볼 선수의 감동적인 연설이었다. 그는 우리에게 한때 오합지졸로만 보였던 젊은이들이 1990년 캐나다 풋볼 리그 CFL에서 우승해 최고 영예인 그레이컵을 품에 안았던 것처럼 승자가 되어야 한다고 말했다.

"고, 블루 보머스!"Go Blue Bombers!

잠깐! 자기가 그 젊은이들 중 하나였다고 그가 말했던가? 우리는 환호했다. 우리는 인생 게임에서 우리 자신의 경기를 운영하는 법에 대해 배웠다. 그런 다음 우리에게 주어진 시간이 다 되기 전에 달성해야 할 구체적인 목표들을 작성해 보라는 지시를 받았다.

"아, 여기 있네!"

나는 그 페이지를 가리키며 토번이 볼 수 있게 들어 보였다.

"3번 첼로 독주. 고등학교 시절에 내가 상상할 수 있는 가장 큰 꿈이었지. 오케스트라 경연에서 우승해 위니펙 심포니 오케스트라와 협연하고 싶었는데…"

결국 참패한 나는 관객석에 앉아서 우승자가 과할 정도로 부푼 연주복을 입고 활과 크리놀린(넓은 치마를 부풀리기 위해 뻣뻣한 소재로 만든 속치마―옮긴이)을 부산스레 움직이며 연주하는 모습을 지켜볼 수밖에 없었다.

"그런데 5번, 피라미드 보러 가기…"

한숨이 나온다. 나는 초등학교 때부터 피라미드를 보러 갈 준비를 해왔다. 에이미 언니와 함께 이집트 상형문자를 배워 서로에게 '자칼, 풍뎅이, 빵, 빵, 빵'이라는 내용의 비밀 메모들을 보냈다. 이는 우리가 그 이미지들을 발음대로 읽어야 한다고 오해하고 있었고, 주로 엄마한테 간식을 달라고 할 때 사용했기 때문이다. 그 후 몇 년간은 학교 에세이에도 이집트학자가 되겠다고 썼지만 곧 대피라미드들은 이미 약탈당했다는 사실을 알게 되었다.

다시 목록을 훑어보던 나는 펜을 꺼내 몇 가지에 체크했다. 온수 욕조는 실제로 샀지. 허브 정원도 만들었고. 지난봄에는 부모님과 함께 베네치아에 가서 오징어 먹물 파스타를 맛보며 장점을 이해했고, 해안 제국의 흥망성쇠를 마음으로 느끼고 싶어 했던 그분들의 소망을 이루어 드렸다. 부모님이 기념물과 자갈이 깔린 광장에게 기분 좋은 첫 인사와 작별 인사를 하는 동안, 나는 운하를 따라 걸으며 다시 베네치아에 올 날을 마음속으로 그렸다.

"나는 인생을 마무리 짓는다는 생각을 하면서 이걸 쓴 게 아니야. 그때는 그냥 꿈을 꾸고 있었던 것 같아."

내 목소리는 점점 작아졌다.

"오, 여보!"

토번은 여러 가닥의 전선과 관을 조심하며 나를 껴안았다. 끝을 향해 더 가까이 걸어가고 있는 지금, 우리 사이에는 훨씬 많은 침묵이 흐른다. 하지만 내가 내 목구멍에서 빠져나와 이 몸에서 멀리, 멀리, 멀리 떠난다는 상상을 하면 심장이 쿵쾅대는 소리가 내 귀에까지 들린다.

지금까지는 인생의 넓은 길이 수평선상의 한 점으로 좁아진다는 생각을 한 적이 없었다. 나는 인기는 전혀 없었지만 상상력을 활용해 여러 가지를 떠올려 보기를 즐겼다. 몇 년 동안 여름이면 프린스 에드워드 아일랜드의 농장에 살며 빨간머리 앤, 앤의 친한 친구들과 시골 학교에 다니는 삶을 꿈꿨다. 딱 일주일 동안 귀 윗부분을 빨래집게로 집고 잤을 뿐인데, 엄마는 그런다고 루시 모드 몽고메리 소설의 또 다른 주인공이 될 만큼 요정 같은 외모를 가질 수 없다고 나를 설득했다. "안타깝지만 보울러 집안 귀는 평생의 형벌이란다." 엄마의 말에 나는 머리를 기르게 되었다.

또 자유로운 삶을 갈망하는, 학대받는 영국 고아가 되어 항해에 대비해 매듭을 연습하고 배의 각 부분 명칭을 외우고 기본적인 칼 쓰는 법을 손이 부르트도록 익혔다. 그런가 하면 '절친 작문 클럽'을 만들어 다른 열두 살 아이들에게 사나운 젊은 여자 사냥꾼과 그녀의 말 아르테미스의 흔들림 없는 우정을 그린 내 원작을 읽을지 말지 결정할 기회를 주기도 했다. 외견상 나는 7개월간의 겨울 동안 평원에 있는 자그마한 단층집에 살고 있었다. 아빠가 간 고기와 채소 수프 한 캔이 '걸쭉한 햄버거 수프'라는 어엿한 요리라고 고집하는 소리를 들어야 했지만. 그래도 다양한 삶의 경험을 할 수 있었다.

나는 한 가지 미래가 다른 모든 것을 배제시킨다는 것을 이해하지 못했다.

아이 두 명을 낳고 싶었다.

세계를 여행하고 싶었다.

엄마의 손을 마지막으로 잡아 주는 사람이 되고 싶었다.

모두가 죽음은 한 번뿐이라고 주장하지만 그건 사실이 아니다. 단 한 번의 바보 같은 인생 동안 1,000가지 미래를 버릴 수도 있는 것이다.

5

나의 영원한
현재

○

나의 유한한 삶 속에서
평범한 것들이 반짝이기 시작했다.
내가 사랑하는 것들과 사랑해야 할 것들이
더 선명하고 밝게 보인다.

테이블 양 끝에 앉은 첼시와 나는 귀청이 터질 듯한 음악 소리 때문에 서로의 목소리가 거의 들리지 않았다. 나는 입만 보고도 무슨 말을 하는지 잘 읽는 편이라 그녀가 내게 페루식 타코를 권하고 있음을 안다.

음악이 잠시 잠잠해지자 그녀가 외쳤다.

"이놈의 타코 좀 먹어 보라고!"

"알았어, 이리 줘 봐!"

내가 소리치자 타코가 테이블에 앉은 사람들의 손에서 손으로 전달되었다.

"나쁘지 않은 생각이야! 내 면역 체계는 튼튼하니까 여기 있는 모두가 한 번씩 그 음식을 만져도 아무 상관 없지!"

내가 이렇게 외치자 공중보건학 박사학위를 가진 친구가 끼어들었다.

"공공안전의 관점에서 지금 일어나고 있는 타코 나르기는 용납할 수 없어!"

"인생은 한 번뿐이야, 그렇지?"

나는 손에 든 축축한 타코를 맥주잔인 양 공중으로 들어 올리며 말했다.

"첼시를 위하여! 또 다른 1년과 더 많은 피냐타(중남미 국가의 어린이 축제에 사용되는 과자나 장난감 등을 넣은 종이 인형-옮긴이)를 위하여!"

첼시는 학교 무도회 날 화장실에서 함께 울었던 즈음부터 나의 가장 친한 친구였다. 그리고 오늘 밤 그녀의 생일 파티는 내가 오염된 타코로 인한 합병증 때문에 바로 이 밤에 쓰러져 죽을 것이라는, 앞뒤가 안 맞는 소리와 요란한 암시로 변질되었다.

완벽한 저녁이었다. 별로 친하지 않은 남자가 내 쪽으로 돌아앉기 전까지는.

"결장암에 걸렸다고요?"

그가 말을 걸었다. 사람들은 첫마디에 항상 이렇게 내 감정을 떠본다.

"네, 저랑 팔십 먹은 노인들 전부 다요."

나는 자연스럽게 화제를 돌려 보려고 테이블을 둘러보며 가볍게 대답했다. 진단을 받은 지 1년이 지났지만 아직도 대화는 거기서부터 시작된다.

"화려하게 즐겨야죠!"

그가 외쳤다. 음악 소리가 다시 커진다.

"내 말은… 살날이 얼마 안 남았다면서요. 그러니까 후회 없이 살고 제대로 즐겨야 한다고요."

그는 고대 시인 호라티우스처럼 '오늘을 즐겨라'seize the day라고 말하려는 듯하다. 카르페 디엠! 현재를 살아라! 보트를 사라! 샴페인으로 목욕해라! 파티에서 여자한테 호통을 쳐라?

나는 뭔가 영리한 또는 솔직한 말을 하려고 입을 열었지만 아무 말도 나오지 않아서 고개만 살짝 저었다. 그리고 그를 바라보다가 급히 화장실로 향했다.

너무도 많은 사람에게 나는 더 이상 그냥 내가 아니다. 나는 이성적인 뇌로는 받아들이기 어려운 생각, 즉 우리 몸은 언제든 오작동을 일으킬 수 있다는 생각을 상기시키는 존재인 것이다.

한 친구가 1년간의 호주 생활 경험담을 들려주고 나서 마지막에 숨 쉴 틈도 없이 "너도 언젠가는 꼭 가봐야 해!"라고 덧붙였다. 그러더니 순간 내가 치료 중이라는 사실을 기억해 낸 듯 침묵에 잠겼다. 그리고 나는, 이제 미래는 내게 더 이상 쓰지 않는 언어나 마찬가지라고 말할 방도를 찾지 못했다.

"세상은 안전하지 않아." 그날 밤 나는 식당 화장실 바닥에 앉아 울면서 첼시에게 말했다. "고통받는 사람들에게 세상은 안전하지 않다고."

"그래, 머핀. 네 말이 맞아."

첼시가 부드럽게 말한다.

"하지만 아주 잠깐은 있었어, 첼시." 나는 옷소매로 볼에 흘러내린 아이라이너 자국을 닦으며 말했다. "다시 내 모습을 되찾은 것 같았던 순간 말이야."

치명적인 타코에 대해 소리를 지르기 바로 전까지만 해도 내가 과거나 미래의 희생자로 느껴지지 않았다. 다른 사람들과 마찬가지로 현재를 만끽하도록 허락되었으니 말이다. 먹고, 마시고, 즐겨라! 알다시피 언제 노로 바이러스에 걸릴지 모르니까.

* * *

'현재를 살라'는 격언은 고대의 지혜를 재포장한 것이다. 돈

워리 비 해피!Don't worry, be happy! 하쿠나 마타타!Hakuna matata! 인생은 한 번뿐!You only live once! 이는 쾌락주의의 정수이자 모든 대학생의 희망이다. 할 수 있을 때 케그 스탠드를 즐겨라!Gather ye keg stands while ye may!(영국 시인 로버트 헤릭의 시에 나오는 '할 수 있을 때 장미꽃 봉오리를 모아라'Gather ye rosebuds while ye may라는 구절을 변형한 문장이다. 케그 스탠드란 미국 대학생들이 물구나무 서서 맥주를 마시는 게임이다.―옮긴이) 현재가 낙원이면 천국은 멀게 느껴지게 마련이다.

이 철학에도 물론 전적으로 바보 같은 해석들이 존재한다. 불쌍한 우리 엄마를 위해 나는 히치하이킹, 폐광 탐험, 니카라과 럼 같은 용어들로 내 멍청한 선택들을 간접적으로만 언급하고 넘어가겠다. 현재를 살다 보면 우리는 부주의하고 물질적이고 이기적이며 종합 비타민을 절대 먹지 않는 등의 방종한 행동을 하기 쉽다. 재활용을 왜 해? 노후를 위한 저축이 왜 필요한데? 내일을 준비하는 건 행복을 미루는 일이야!

하지만 디지털 시대의 피로와 산만함 속에서 현재에 집중하는 능력은 드물고 귀한 자산이 되었다. 내 받은 편지함은 정신 관리의 다양한 철학적·종교적·심리적 전략들이 매일 충만한 모든 순간이 선물처럼 펼쳐지는 삶을 살도록 도와주겠다고 호언하는 뉴스레터들로 넘쳐난다. 우리의 치유 문화는 이것이 '자유'라고 주장한다. 부정적 감정과 욕망이라는 마귀를 쫓아낼 때 드는 어지러운 생각과 모순적인 감정으로부터의 자유. 최신 베스트셀러는 불교나 고대 스토아 철학에서 통찰력을 얻어 본질적인 교리, 우주론, 의식을 완전히 제거하고 세련된 초연함, 받아들임, 차분한 마음의 비밀을 최저가에 제공할지도 모른다. 이 새로운 영웅적 개인주의 속에서 사람들은 자신의 내면세계를 정복함으로써 세상을 지배한다.

나는 바늘과 백혈구 수치, 기저귀 갈기, 장보기 등과 관련된 일상 속에 스스로를 끼워 맞추려고 노력한다. 건강한 기대, 정신 수양, 바꿀 수 없는 것을 받아들이는 방법에 관한 논문들을 읽는다. 하지만 아무리 현재에 집중하기로 결심해도 미래가 계속 끼어든다. 잭에게 입힐 더 큰 우주복을 찾느라 서두르거나, 다음 크리스마스에는 아마도 '트리에서 그걸 떼지 말아 줘'라는 말을 계속하게 될 것임을 깨닫는다. 봄에는 내 가장 친한 친구와 차를 타고 노스캐롤라이나 해안에 가 세계에서 가장 큰 프라이팬을 보여 주기로 약속했다.

나는 영원의 아름다움을, 우리 모두의 앞에 펼쳐진 끝없는 미래를 믿고 싶다. 기독교에서 시간은 원과 같다고 말한다.

시간과 공간을 초월한 궁극적 실체이자 과거, 현재, 미래가 동시에 존재하는 창조주로서의 하나님의 모습에 초점을 맞춘다. 우리가 시계 없는 이야기에 둘러싸여 있다는 것은 꽤나 혼란스러운 일이다. 예수는 부모와 취침 시간이 있는 갓난아이로 세상에 왔으며, 그로 인해 영원한 것과 연대기적인 것에 대한 기독교인들의 해석이 바뀐다. 하나님은 영원하지만 예수는 중년에도 이르지 못했다. 예수는 기원전 4년경에 태어났지만 하나님이 천지를 창조했을 때도 하나님과 함께 있었다. 삼위일체(성부, 성자, 성령) 신비의 일부는 신이 우리 뒤에 있고, 우리와 함께 있으며, 우리 앞에 있다고 믿는다는 점이다. 우리는 하나님이 이미 거기에 계신다고 믿으며 영원을 향해 이끌린다.

그러나 그 모든 것이 쓸모없게 느껴진다. 내가 가진 것은 지금뿐이다.

나는 월요일에도 성직자용 칼라를 하고 다니는 존경받는 목사이자 의사인 내 친구 워런에게 미래에 대해 설명하려고 했다. 순전히 지루해서 참석한 긴 부서 회의를 마친 후, 나는 그에게 미래를 포기했다고 말했다.

긴 침묵 끝에 그가 물었다.

"진정한 행복은 미래에 대한 불안한 의존 없이 현재를 즐길 수 있는 능력이라는 데 동의해?"

"부디 그게 예수님 말씀이라고 말해 줘. 이거 함정 맞지?"

"고대 스토아 철학자인 루시우스 세네카의 말이야." 그는 웃으며 말한다. "하루하루를 중요하게 여기며 사는 데는 큰 용기가 필요해. 그건 스토아 철학의 기본적 통찰이었지. 하지만 우리 기독교인들은 미래를 향해 살아야 하는 사람들이야."

나는 워런의 말을 도무지 이해할 수가 없다. 나에게 미래는 절벽인데….

* * *

나의 영원한 현재는 이렇다. 수요일이면 나는 새벽부터 다른 도시로 날아간다. 하루 종일 병원에 있는데, 거기서는 항상 구운 치즈 샌드위치 타는 냄새가 난다. 의료진들은 집에 가져갈 수 있는 화학요법 수액 팩을 채워 준다. 나는 자정이 넘어서 집으로 돌아온다. 그로부터 사흘 동안 내 가슴 속 플라스틱 삽입물로 수액이 주입된다. 72시간의 휴식이 지나고 눈 깜짝할 사이에 다시 수요일이 된다. 그리고 모든 것이 반복된다.

한 차례 치료 과정이 끝날 때마다 감사함과 피로함 그리고 아주 미세하게나마 한 주 전보다 더 쇠약해진 느낌이 든다. 9개월이 지나고 보니 얼굴이 붓고 누렇게 떴다. 양말 속에서 발톱 하나가 빠졌는데 순전히 예의상 토번에게는 그 사실을 숨긴다. 임상 시험에 사용된 항암제 하나가 과도한 마비를 일으켜 신발 끈도 못 묶고 점점 가늘어지는 머리를 땋지도 못하게 되자 의사들은 그 약의 처방을 중단했다. 하지만 다행히 나를 연구에서 제외한다는 말을 하는 사람은 없었다. 누구도 내 미래에 대한 이야기 자체를 하지 않는다.

나는 듀크 암센터의 내 첫 종양 전문의 카트라이트 박사에게 연락했다. 언젠가 내 면역 치료제를 듀크 암센터에서도 구할 수 있어 애틀랜타까지 가지 않아도 될 거라는 막연한 희망을 품은 채.

"그래요, 당신이 듀크로 다시 돌아올 방법에 대해 이야기해 봅시다." 그는 부드럽게 대답했다.

한 달 후 카트라이트 박사가 축하 메시지를 보냈다. 듀크에서 거대 제약 회사 머크와 면역 치료제 이용에 관한 계약을 맺었다는 소식에 내 마음은 눈부신 희망으로 가득 찼다. 이제 새벽 3시 45분에 일어나지 않아도 된다. 정신없는 비행 스케줄을 확정하느라 항공사들과 몇 시간씩 전화 통화를 하거나

기부금에 의지해 비행기 값을 마련할 필요도 없다. 내 인생의 고통스러운 한 장이 마침내 끝나게 된 것이다.

하지만 듀크에서의 첫 종양학과 진료는 내가 예상한 귀향과는 달랐다. 카트라이트 박사는 진료실 의자에 앉아 내 차트를 아주 흥미롭다는 듯 훑어보았다.

"아!" 한참을 중얼거리며 차트를 넘겨 보던 그가 소리쳤다. "당신은 작은 실험용 쥐나 다름없었군요, 그렇죠?"

토번과 나는 멍하니 그를 쳐다보았다.

"달리 선택의 여지가 없었는걸요. 그들이 주는 약을 먹지 않았다면 연구에서 저를 제외시켰을 테니까요." 나는 더듬거리며 말했다.

"임상 시험이 엄격한 건 사실이죠. 이제부터는 다르게 할 수 있습니다."

그는 내가 더 이상 화학요법제 팩을 달고 다니지 않아도 된다고, 같은 약을 알약 형태로 복용할 수 있다고 설명했다. 나는 눈물을 참으려 눈을 깜빡였다. 그는 또한 화학요법의 정도를 크게 낮출 거라고 말했다.

"너무나 좋은 소식이네요. 정말 고맙습니다."

나는 이 행운을 어떻게 받아들여야 할지 몰라 속삭이듯 말했다.

카트라이트 박사는 여전히 낮은 목소리로 이제 나만 그런 게 아니라고 말했다. 몇 달 전부터 나와 비슷한 젊은 환자를 치료하고 있다고 했다.

"면역 치료를 받는 젊은 환자가 또 있다고요? 여기 듀크에서요?"

나는 천천히 말을 반복했고, 카트라이트 박사는 어떻게 같은 약을 확보할 수 있었는지 친절하게 이야기했다. 몇 달… 내가 우리 가족의 저축을 깎아 먹고 다른 사람들의 자선 행위에 의존하며 애틀랜타를 오갔던 그 몇 달, 보험 회사들과 보험금 지급을 두고 논쟁하고(치료가 주 밖에서 시행되었다는 이유로) 사무상의 오류로 걸려 온 빚 수금 대행업자의 전화들을 처리했던 그 몇 달… 알약 투여라는 방법이 있었는데 화학요법제 팩을 달고 있었다고? 내가 일하는 대학에서 걸어갈 수 있는 센터에서 치료받을 수 있었는데 비행기를 타고 다녔다고?

토번과 나는 혼란스러운 표정으로 마주 보다가 다시 의사를 쳐다보았다.

"그렇지만 저는 선생님도 제 담당 의사라고 생각했는데요."

나는 자신 없게 말했다.

"물론 그렇죠."

그는 어리둥절해하며 말했다. 우리는 서로 같은 이야기를 하고 있는 게 맞는지 완전히 확신하지 못한 채 잠시 서로를 바라보았다.

"그래서 저는 당신이 듀크에서 면역 치료를 받을 수 있도록 하려고 정말 노력했습니다. 하지만 임상 시험을 존중해 최소 6개월간은 그 시험을 받도록 해야 했어요."

"아뇨, 감사해요." 상황을 깨달은 나는 대답했다. "죄송해요, 고맙습니다. 제가 이해를 잘못하고…"

내가 떠나기 전, 그는 작은 그래프를 그려 보이며 내가 임계치에 다다르고 있다고 설명했다. 내 화학요법제의 효능은 떨어지고 있고, 만약 이 면역 치료만으로 암을 물리칠 수 없다면 내 암 치료는 다른 국면으로 접어들 것이다.

그가 그런 말을 한 건 아니지만 나는 손에 들린 종이의 낙서들을 바라보았다. 그는 면역 치료가 효과가 없을 경우 예측되는 암의 진행을 보여 주는 긴 선을 파란색으로 그려 놓았다. 그 선은 위로, 위로, 위로 치솟다가 다른 모든 것과 함께 사라진다.

언제까지 미래를 붙잡아 둘 수 있을까?

고등학교 때 나는 수학 수업이 끝나면 내 형편없는 대수학 실력 그리고 내 성적으로는 빨간머리 앤이 다닌 캐나다의 대학교에 갈 수 있는 장학금을 절대로 받을 수 없다는 사실 때문에 복도에서 참 많이도 울었다. 빨간머리 앤이 허구의 인물이라는 사실은 아무 상관이 없었다. 수학 교사인 부스 선생님은 문밖으로 고개를 내밀고 외쳤다.

"케이트! B⁻를 받았다고 해서 네 꿈이 끝나 버리는 건 아냐."

그의 말을 믿지는 않았지만 그래도 나는 그가 좋았다. 그는 학교에서 일하는 내내 긴 실험실 가운을 입었기 때문에 팔 전체를 이용해 칠판을 지울 수 있었고, 우리가 10대에서 벗어날 마음이 없는 데 대해 깊은 한숨을 내쉬곤 했다.

"이 그래프는 파도처럼 오르락내리락하며 이렇게 수평축을 가로지르지." 그는 부드러운 곡선 몇 개를 그리며 말했다. "하지만 이 그래프는 물결치는 선들의 급류와 같은 가장 섹시한 그래프야." 그는 양팔을 휘두르며 칠판에 재빨리 선들을 그린 후 몸을 획 돌려서 수평적인 시선으로 우리를 집중시켰다. "너희는 준비가 안 됐어." 그는 노골적인 실망감을 드러내며

양팔과 몸통을 거의 다 움직여 칠판을 지웠다. 그래, 우리는 준비가 되지 않았었지.

몇 년 후 나는 대학에서 엽서를 보내 나를 교육시키려 했던 그의 노력과 그가 써 준 여러 장의 과분한 추천서 덕분에 내가 더 큰 미래로 나아갈 수 있었음을 인정했다. 길고 긴 평범한 시절을 보냈지만 꿈의 대학에 다니고 있었으니까.

몇 달 후 교내 우편함에 도착한 그의 답장에는 자신이 해외에서 수학을 가르치는 원대한 모험을 하기로 결정했으며, 내가 보낸 엽서를 자신의 추천서로 썼다는 유쾌한 내용이 적혀 있었다. 그리고 얼마 지나지 않아 그는 56세의 나이로 세상을 떠났다.

전에는 성년기라는 것이 대학 졸업 후 바로 시작되는 영원한 기간이라고 생각했다. 대학에서는 어떤 직업을 가질지 배우는 게 다였다. 성년기에는 여러 개의 삶이 중첩된다는 것을 나는 나중에야 알았다. 꿈을 꾸고 더 많은 걸 이룰 수도 있지만 자신의 몸을 인간 휴지처럼 사용하면서도 그게 얼마나 우스운 일인지 알지 못하는 것처럼 눈알을 굴리는 자식들을 관리하느라 정신이 없으리라는 것을. 나는 성인이 이전 수 세기로부터 물려받은 세상에서 먹고 숨 쉬고 일하는 사람들이라고만 생각했다. 모든 삶은 여러 가지 모험과 사사로운 농담으로 끊임없이 재창조되어야 하며, 어느 날 갑자기 끝나 버릴 수도 있다는 생각은 하지 못했다.

고대 스토아학파는 이를 알고 있었다. 그들은 삶이 비눗방울만큼이나 연약하다는 것을 알았다. 그들은 침략과 포위, 콜레라와 천연두의 세계에서 살았다. 남편이 아내를, 어머니가 자식을 땅에 묻었고 어느 정도의 확신을 가지고 미래에 대해 말할 수 있는 사람은 예언자들뿐이었다. 그들의 세계에서는 하루하루를 마지막 날인 것처럼 사는 게 납득이 되었다.

하지만 내가 진단 전에 알던 세상은 위생적이고 예측 가능하며 안전했다. 아이들은 예방접종을 했고 사람들은 나이 들어 갔으며, 그 밖의 모든 것은 마취제와 소독제 또는 엄마가 욕실 개수대 밑 상자에 보관하는 다른 것들로 해결할 수 있었다.

이제 납득이 되는 유일한 순간은 동트기 전 조그만 남자아이가 몸을 뒤척이는 소리를 들을 때뿐이다. 냉혹한 자연의 법칙에 의해 끊임없이 떨어져야 하는 자석이 된 듯한 기분으로 나는 잭을 품에 끌어안는다.

끔찍한 병이 준 끔찍한 선물은 그로 인해 순간을 살아가는 법을 알게 되었다는 것이다. 오직 오늘만이 중요하다. 아기

침대의 따스함, 아이가 깔깔대며 웃는 소리…. 그리고 내 삶을 자세히 들여다보면 내가 단순히 오늘을 즐기는 법만 배운 게 아니라는 것을 깨닫는다. 나의 유한한 삶 속에서 평범한 것들이 반짝이기 시작했다. 내가 사랑하는 것들과 사랑해야 할 것들이 더 선명하고 밝게 보인다.

과거에 부담을 갖거나 현재에 몰두하거나 미래를 걱정하느라 나는 1분이라는 더할 나위 없이 귀한 선물에 감사하지 못했다. 어느 순간에는 쭉정이가 된 듯한 느낌이 들 수 있지만 다음 순간에는 결혼 피로연에 참석해 친구 앨리가 "우리는 절대 죽지 않아!"라고 외치는 남편이 밀어 주는 음료수 카트에 탄 채 댄스 플로어를 미끄러지듯 가로지르는 모습을 볼 수도 있는 것이다. 그건 그가 반어적으로 꺼낸 말이었지만 그 밤이 끝날 무렵에는 우리도 믿게 되었다.

처음 암으로 입원했을 때, 친구들은 나에게 그날 밤 찍은 사진을 보내 주었다. 파티 드레스 차림으로 서로 어깨동무한 우리는 광란의 밤을 보낸 후 머리는 다 헝클어지고, 눈물에 번진 마스카라 자국이 볼까지 흘러내려 있었다. 그 순간에는 정말이지 온 우주가 내가 숨 돌리는 모습을 지켜보려고 속도를 늦추고 잠시 멈춰 있는 것만 같았다.

이런 순간들이 초월적으로 느껴지고, 과거와 미래를 함께 경험하는 순간들 속에서 희미한 영원의 빛이 비친다. 시간은 더 이상 화살이 아니며, 천국은 내일의 것이 아니다. 어느 순간 그것은 바로 여기에 있다. 내가 가진 것뿐만 아니라 절대로 이루어질 수 없는 것의 아름다움에 푹 빠지는 그 순간에.

미래에 대한 희망은 조심스럽게 투여해야 하는 비소처럼 느껴진다. 현재를 살아가는 신성한 일(약 복용, 친구의 형편없는 남자친구에 대해 묻기, 곁에서 자고 있는 아들의 살 냄새 맡기…)에 독이 되기도 한다. 나는 살아 있지 못할 때까지 살고 싶다.

나는 과거에 내가 겪은 순간들을 결코 충분히 경험할 수 없을 것이다. 지금도 청소년 후기가 결혼에 적절한 시기였다고 생각하는 남자와의 기념일들. 서투르게 쓴 역사책들을 곧장 아빠에게 보내면 아빠가 안경을 끼고 가늘게 뜬 눈으로 가만히 화면을 보다가 마침내 "상당히 수용할 만해!"라고 큰 소리로 말해 주는 일들. 아들의 입에 질척한 음식을 한 숟갈씩 떠먹이며 함께 자지러지게 웃어대는 이른 아침들…. 이런 것들이 시간의 척도라면 나는 파산 상태다.

몇 시간에 한 번씩 숨이 안 쉬어져서 하던 일을 멈춘다. 나는 한 아이의 엄마이고 그 아이가 내 아들인 게 당연한 일인데도 아이를 껴안지 못할 수도 있는 끔찍한 날을 잠시 떠올린 적이 있다.

매일 밤 나는 완전히 깬 채로 내가 아이의 기억에서조차 사라져 버릴 시간을 상상하며 그 순간들을 준비한다. 아이가 자신의 금발머리를 쓰다듬던 내 손의 무게를 기억하지 못하는 순간을. 아이는 자신의 이목구비 중 어느 부분이 나를 닮았고 (입) 어떤 점을 나한테서 물려받았는지(영악해 보이는 웃음) 궁금해할 것이다. 파티에서 "너, 엄마 닮았구나!"라는 말을 들으면 낯선 사람도 엄마를 아는데 자기는 모른다고 상심할 것이다.

나는 부모를 잃은 사람을 대상으로 그들이 소중히 여기는 이야기들을 조사하고, 아이들의 장기 기억에 대한 기사들을 끊임없이 검색한다. 아이가 정확히 몇 살이어야 나를 기억할 수 있을까? 기억되기 위해 내가 해야 하는 일은 무엇일까? 심리상담가에게 물으니 고개를 가로저었다.

"케이트, 당신은 지금 기초를 다지고 있어요. 그건 거기에 있지만… 그래요. 아들이 그 위에 무엇을 쌓는지는 볼 수 없을지도 모릅니다. 기초는 보이지 않는 부분이에요."

울퉁불퉁한 산길을 오르는 진흙투성이 4륜 오토바이를 타고 내 친구 캐서린과 나는 서로 전혀 다른 외모의 애팔래치아 여행 가이드 두 명과 이야기를 나눴다. 한 명은 안 씻은 듯한 모습이 오히려 자연스러운 젊은 남자로, 자신의 건강한 치아 대부분이 빠지거나 깨졌다는 사실을 의식하지 않고 자주 웃는다. 다른 한 명은 꼭 암벽 등반 잡지의 표지를 찢고 나와 수분 팩을 나눠 줄 것처럼 보이는 생기 넘치는 금발 여성이다. 고소공포증으로 몸이 마비되다시피 한 내가 그녀에게 내 안전 장비를 다시 한번 확인해 달라고 조용하지만 단호하게 말하는 사이, 단정함과는 거리가 먼 남자 가이드는 삶을 최대한 누리라는 격려의 말을 들려준다.

"당신이 보기에는 그게 어떤 삶인데요? 어어!"

나는 비명을 지른다. 그가 마치 가속 페달이 잘 듣는지 확인하듯 몇 번이나 밟아 대며 아무런 동요 없이 급격한 U자형 커브 길을 도는 바람에 우리는 앉은 자리에서 튕겨 나왔다. 내가 눈을 동그랗게 뜨고 캐서린을 돌아보자 그녀도 믿을 수 없다는 듯 고개를 절레절레 흔든다.

"왜 이렇게 육중한 장갑을 껴야 하죠? 집라인에 브레이크가 없나요?"

내 물음에 남자 가이드는 질주하는 4륜 오토바이 안에서 나뭇가지를 피하며 쾌활하게 대답한다.

"당신 손이 브레이크예요."

"제 손이 브레이크 역할을 못 하면요? 도착 지점으로 돌진하는데 멈출 수 없으면 어떡해요?"

내가 이성적으로 묻자 그가 이마를 찡그리며 대꾸한다.

"시도하지 않을 거면 지금 산 아래로 데려다 드려야겠네요."

"아뇨, 그런 말이 아니잖아요. 그러니까 만약에 말이에요. 만약 마지막에 멈추지 못하고 부딪히면 어떻게 하냐고요? 저는 고소공포증이 정말 심해요. 공황 상태에 빠지면 어쩌죠?"

"그거야 교통사고를 당한 느낌이겠죠." 그는 차를 멈추며 유쾌하게 말했다. "도착했습니다!"

그가 차에서 뛰어내렸다. 우리가 숲이 우거진 산꼭대기에 도착해 안전벨트를 조절하고 첫 번째 플랫폼 가장자리를 내다볼 때까지, 그는 자신의 25년간의 삶을 꼼꼼히 열거했다. 그가 자란 마을, 모험을 추구하는 직업들을 두루 경험한 일, 그리고 자유롭게 살기 위해 여자친구와 산으로 온 것 등.

"잘되고 있나요? 자유로움을 느껴요?"

그가 내 안전벨트를 마지막으로 조이는 동안 내가 물었다.

"요새는 약간 오도 가도 못 하게 된 느낌이에요. 여기 올 때는 보잘것없는 물건들이 든 가방 한 개만 들고 왔는데, 이제는 두 개가 되었죠."

그는 덧니가 보이는 미소를 지으며 플랫폼에서 뒷걸음질치더니 아래로 떨어졌다.

도르래가 밧줄을 따라 빠르게 움직이면서 내는 희미한 '윙윙' 소리만이 그가 살아 있다는 유일한 단서다. 얼마 후 그는 30미터쯤 떨어진 곳에서 잠시 모습을 드러내더니, 장난스럽게 회전하며 나무들 사이로 돌진하듯 숨어 버렸다.

"난 당신이 안전 지도사인 줄 알았어요!"

나는 그의 뒤에 대고 외쳤다.

"난 안전 지도사가 아니에요!" 나무들이 대답한다. "위험을 경감시켜 주는 사람이죠."

"위험을 경감시켜 주는 사람이라고?"

나는 첫 번째 구간을 준비하느라 카라비너(등산에 사용하는 D형 또는 O형의 금속제 고리 ─ 옮긴이)를 잠그며 투덜거렸다.

안전벨트에 몸을 기댄 나는 이제 손가락을 놓으려 한다.

"놔, 케이트!" 창피함에 목소리가 기어들어간다. "제발 놓으라고!"

새끼손가락이 살짝 꿈틀거릴 뿐 다른 변화는 없다.

"내가 도와줄까?"

캐서린은 말은 그렇게 하지만 플랫폼 옆 나무에 붙어 서 있다. 안전을 위해. 아니, 위험 경감을 위해.

"괜찮아!" 나는 플랫폼을 꽉 껴안으며 대답한다. "다 잘되고 있어."

나는 그곳에 1분, 어쩌면 2분, 아니면 5분쯤 서 있었다. 새들이 지저귀고 나는 그것들을 하늘에서 쏘아 버려야 하나 심각하게 고민한다.

여자 가이드의 건강해 보이는 얼굴이 미소를 지으며 내 옆에 나타났다.

"또 보네요. 괜찮아요?"

"네. 그게… 제가 최근에 거의 죽을 뻔했거든요." 나는 짹짹거리는 듯한 부자연스러운 목소리로 대답했다.

나는 발밑 수십 미터 아래를 내려다보며 발가락을 움직여 보려고 애쓴다. 하지만 미동도 없다.

"아아, 그렇군요."

참나무, 소나무, 히커리가 우거진 숲이 바람에 흔들리는 모습을 보니 내가 이 정도로 나무를 싫어했나 싶다.

"저는… 음, 대부분의 시간 동안 죽지 않으려고 애써요. 그래서 지금 제가 이성적인지 아닌지 알 수가 없네요."

"두려움도 같은 느낌이에요."

그녀가 부드럽게 말했다.

"네, 맞아요. 그러면 여기 그냥 있는 게 낫겠어요."

"그래도 돼요. 아무 문제 없어요. 내려가는 방법은 여러 가지니까요. 이해해요. 저도 비슷한 느낌이었으니까."

그녀는 남부의 여성들이 친밀함을 이끌어 낼 때 하는 방식으로 말을 끊었다.

"그래요?"

"네!"

그녀는 내 옆 플랫폼 가장자리에 위태롭게 몸을 기댄 채 20대 초반에 폐 한쪽을 제거했다고 말했다. 그게 불과 몇 년 전인데 그녀는 모험 가이드와 달리기를 시작함으로써 자신의 한계를 시험해 왔으며 작년에는 마라톤을 완주했다고 했다. 그녀의 이야기가 끝날 때쯤, 우리는 공중에 매달린 채 편안하게 앉아 있었다. 밧줄을 잡은 내 손은 느슨하게 풀려 있었다.

"위험이 아닌 건 없어요. 모든 위험이 다 같지는 않다는 것을 기억하면 두려움을 갖는다는 건 어떤 면에서는 꽤 멋진 일이에요."

고도 때문인지 아니면 내가 내려갈 길을 알려 줄 사람이 그녀뿐이라는 사실 때문인지 몰라도 그녀의 말이 옳다는 생각이 들었다.

살기 위해서는 큰 용기가 필요하다. 그 점에는 이견의 여지가 없다. 매일 두려움과 실망과 실패가 있고, 주인공은 결국 죽는다. 위에서 내려다보면 분명 영화 같을 것이다.

"경감된 위험을 감수할 준비가 됐나요?"

나는 누구에게랄 것도 없이 외쳤다.

"제자리에!"

캐서린이 말했다.

"준비!"

가이드가 말했다.

"출발!"

이미 길을 떠난 나 자신에게 들으라는 듯 내가 외쳤다.

6

아직 다
이루지 못한
최고의 작업

○

인생은 두루마리 휴지 같다.

끝으로 갈수록 더 빠르게 사라지니까.

나에게는 불치병이 있다. 그 병은 아주 질기다. 토번과 나는 보석을 감정하듯이 단어 하나하나를 자세히 들여다본다.

지난 몇 달 동안 면역요법은 화학요법 없이도 암에 아주 잘 맞서 왔고, 종양들은 이제 본래 크기의 일부만 남아 있다. 그럼에도 불구하고 그것들은 끈질기게 남아 끝없는 논의의 대상이 되고 있다. 종양학계는 나 같은 희귀 환자를 앞으로 어떻게 치료해야 할지 확실히 알지 못한다. 남아 있는 병변들은 죽은 것일까, 아니면 휴면 상태일까? 이 암은 나를 죽일 수도 있고 그냥 놔둘 수도 있다. 내가 얼마나 두려워해야 할까?

내가 연락하는 모든 종양 전문의는 각자 다른 이론을 가지고 있는 것 같은데, 내가 몇 번이나 문의해도 카트라이트 박사는 다른 사람들에게 조언을 구하는 것에 반대한다. 같은 대학 교수로서 나는 그의 생각을 이해할 수가 없다.

"궁금하지 않나요? 주된 의견을 수집해 보는 게 어때요?"

이건 내 인생이 걸린 문제다. 머지않아 암이 다시 자랄 수도 있으니 치료를 위해 수술을 시도한다면 지금 당장 해야 한다. 카트라이트 박사의 알 수 없는 거부를 이유로 수술을 단념하고 싶지 않았던 나는 내 역사학자 친구이자 훌륭한 연구자 몇 명에게 최고 전문가들로부터 조언을 얻어 달라고 부탁했다.

그들은 내 부탁을 받기가 무섭게 온라인 연구 데이터베이스를 만들었고, 이 프로젝트는 널리 퍼져 '케이트 낙오 방지법'No Kate Left Behind이라는 별명을 얻었다. 이는 과거 부시 시대의 교육 정책(조지 부시 전 미국 대통령 시대의 아동 낙오 방지법 No Child Left Behind―옮긴이)과 우리 모두 '케이트'라는 이름을 가지고 있다는 신기한 사실 때문에 붙여진 명칭이다. 나의 케이트들은 모두에게 묻는다. 당신과 비슷한 다른 환자들은 어떻게 지내고 있나요? 수술에 대한 당신의 의견은 무엇인가요? 단기 생존율은 어떻게 되나요?

대부분의 전문가들은 내가 아주 과감한 접근 방식을 취해야 할 거라고 말했다. 특히 위협적인 종양 하나가 내 간 깊숙한 곳, 그것도 하반신으로부터 혈액을 운반하는 주요 혈관 가까이에 파묻혀 있다. 거기에 칼을 댔다가는 수술대에서 과다 출혈이 일어날 수도 있다. 세계적 수준의 외과의만이 그 종양을 제거하고 나를 암에서 완치시킬 수 있다.

"하지만 권하고 싶지는 않아요. 당신 간의 아주 작은 조각만 남게 되니까요." 세계적 수준의 외과의가 조언했다.

나는 운전 중이었고 인정 많은 그는 내가 결정을 내릴 시간이 얼마 되지 않는다는 걸 알고는 바쁜 와중에 겨우 시간을 내서 전화를 한 것이었다.

"간이 얼마나 남는데요?"

"종양의 정확한 위치에 따라 다르겠지만 20퍼센트 미만인 건 확실합니다. 게다가 그렇게 대대적인 간 절제술은 당신의 삶을 크게 바꿔 놓을 거예요. 감염과 피로에 취약해지죠. 이건 당신이 생각하는 일반적인 간 절제술과는 다른 차원이에요. 간부전이 일어날 확률이 높고 삶이 줄어들 겁니다."

삶이 줄어든다니! 그는 삶의 질이 떨어진다는 뉘앙스로 말하고 싶었겠지만 우리 둘 다 어느 쪽이 더 진실하게 들리는지 알고 있다. 나는 치료를 받고도 죽어 갈 것이다.

외과의는 잠시 말이 없고, 우리는 조용히 문제를 푼다.

'케이트는 간의 100퍼센트를 가지고 있지만 30퍼센트는 암으로 가득하다. 게다가 그 암은 흩어져 있다. 간이 20퍼센트 미만일 때 케이트가 죽는다면 암을 얼마나 제거해야 할까?'

하지만 지금 나는 머리에 있는 피가 다 빠져나가는 것만 같고, 퀘이커파(개신교의 한 파)의 역사에 대한 강의를 마치고 차를 몰고 귀가하던 중 이 전화를 받기로 한 나의 결정이 점점 더 어리석게 여겨진다. 나는 시골길 가에 차를 세웠다.

"간부전이 어떤 건가요?"

마침내 입을 연 나는 목소리를 떨지 않으려 애쓰며 물었다.

"그건 느리게 진행됩니다. 아주 느려요. 간이 음식을 완전히 소화시키지 못하면 배가 붓고 피부가 노랗게 되죠. 체액이 쌓여 횡격막에 압력이 가해지고요. 체내에 독소가 쌓이면서 호흡이 힘들어지고 사고 능력이 떨어집니다. 그건… 느린 과정이에요."

"몇 달이 걸리겠군요?"

"네, 몇 달이죠."

"너무 단순화해서 죄송하지만 제가 치료를 받겠다고 하면 수술대 위에서 죽을 가능성이 있고, 만약 살아남는다고 해도 간부전으로 서서히 죽게 된다는 말씀이신가요?"

"네. 그리고 간부전으로 사망하지 않더라도 삶의 질이 현저히 떨어질 겁니다. 그게 최선의 시나리오입니다."

하늘이 강철색 구름으로 뒤덮이더니 곧 차 앞 유리에 빗방울이 후드득 떨어지기 시작했다. 시동을 끈 나는 힘없이 핸들 위에 머리를 기댔다.

"전화해 주셔서 정말 감사합니다, 선생님." 내 목소리는 나에게조차 멀게 들린다. "괜찮으시면 다른 의견들도 좀 구해 보고 수술 날짜를 잡을지 여부에 대해 곧 연락 드릴게요."

전화를 끊고 두 눈을 감는다. 숨을 날카롭게 들이쉬고 빠르게 내쉬며 호흡을 진정시키려고 애쓰지만 내 정신이 좁은 원에 갇힌 기분이다. 빠져나갈 방법이 없어 코로 숨을 들이쉬고 입으로 내쉬며 리듬을 맞추려고 노력하다 보니 어느새 비가 잦아드는 소리가 들린다. 다시 고속도로를 타려고 시동을 걸지만 타이어 주변의 풀들은 휩쓸려 가기를 거부하는 모든 것으로 인해 폭신하게 부풀어 있다.

* * *

나는 가만히 있으면 몸이 근질근질하다. 나는 평원 위에 섬처럼 떠 있는 위니펙 출신인데, 그렇게 탁 트인 곳에서는 아빠의 방대한 장서를 아빠의 뜻과는 상관없이 알파벳순으로 정리하고 싶어지기도 한다. 'A'에는 내가 처음으로 성교육에 대해 엿보게 해주었던 연감들이 있다. 이후 엄마는 내 베개 위에 《청소년기에 대비하기》Preparing for Adolescence라는 책을 놓고 갔고, 책을 읽은 나는 어떤 의무감을 가지고 그 책을 '역겹다'gross는 뜻에서 'G'로 분류했다.

그러다가 고등학교와 대학교 시절 사이에 나는 노력하는 느낌에 푹 빠졌다. 어마어마하게 무거운 무언가가 과연 움직일까 궁금해하며 그것을 있는 힘껏 미는 일. 나는 '야심찬'이라는 말이 여자한테는 칭찬이 아님을 금세 직감했지만 야심의 열쇠는 아주 오랫동안 의자에 엉덩이를 붙이고 앉아 있겠다는 의지라는 아빠의 조언을 받아들였다. 그 기준으로 따지면 나는 엄청난 야심가였다.

그 노력의 결실, 즉 듀크대학교의 멋들어진 녹색 캠퍼스에 있는 훌륭한 사무실을 처음 본 아빠는 다정하게 말했다.

"이런 곳을 떠나겠다면 넌 내 손에 죽을 거야!"

하지만 지금은 내가 너무 높이, 너무 빨리 올라왔다가 가지에 매달려 있는 것 같아서 걱정이 된다. 이 아름다운 대학에서 아직도 할 일이 많은데….

몇 달 만에 사무실 문을 연 나는 곧장 복도에 대고 친구 월에게 와 달라고 소리쳤다. 주교이자 교수인 윌은 주일 설교 때 바글바글한 회중 앞에서 나를 놀림감으로 만드는 유일한 사람이기 때문에 나는 그가 내 실수를 발견하기 전에 먼저 고백하곤 한다.

"윌, 이것 좀 봐."

나는 벽에 줄지어 꽂혀 있는 수백 권의 책을 쳐다본다. 각 선반은 역사 시대별로 우아하게 정리되어 있고, 그 시대에 대한 깊은 이해를 보여 주는 소품들로 장식되었다. 학자들에게 책장은 트로피 케이스다. 내가 정복한 이 모든 사상을 보라고! 만지지는 마, 정말 희귀본이니까!

"뭘 보라는 거야?"

윌이 방 안을 훑어보며 물었다.

"이거! 여기, 이것 좀 보라고!"

나는 성난 바나 화이트(미국의 인기 게임 쇼 진행자—옮긴이)처럼 손짓했다.

윌은 그 책들을 더 자세히 들여다보았다.

"미국 종교의 역사에 관한 책이 많이 있네. 그거야 네가 미국 종교의 역사를 가르치니까 그렇지."

"내가 청교도의 식습관에 관한 책 50권을 정말 읽고 싶어서 읽었을까?"

"우리는 난해한 것에 대한 수용 능력이 높잖아."

그가 웃으며 말했다.

"이런 일이 어떻게 이렇게 걷잡을 수 없게 되어 버리는지 모르겠어. 의사가 되려고 10년 넘게 공부한 내 친구의 남편이 레지던트 때 세상을 떠났는데, 그 생각이 머리에서 지워지질 않아. 우리는 이런 직업들에 투자를 하기 시작해. 그러면서 생각하지. 비용이 얼마나 들까?"

"나한테 물어보는 거야?"

"응."

"잠깐, 너 돌아온 거야? 다시 강의하기로 했어? 아직 병가 중인 줄 알았는데?"

"병가는 지겨워!"

월은 잠시 내 말을 곱씹는다.

"정말 강행해야겠어? 지금은 네가 치료에 집중한다고 해도 아무도 나무라지 않을 거야."

"두려움이 굉장히 지루하다는 걸 아무도 내게 말해 주지 않아. 일도 그립고."

내가 소파에 털썩 앉으며 말했다. 월이 내 옆에 앉고 우리는 아무 말 없이 책장을 응시한다.

"윌!"

"으응?"

두 눈을 감고 팔짱을 낀 채 어깨를 축 늘어뜨리고 있는 모습을 보니, 그는 새로운 설교 아이디어를 고민하고 있는 게 분명하다.

"이 일에 너무 많은 비용을 들인 건지 내가 어떻게 알지?"

"흐음." 그는 눈을 조금 더 가늘게 뜨며 대답했다. "그게 직업인지 아니면 소명인지에 따라 다르겠지."

* * *

듀크대학교에서 첫 일자리를 얻었을 때, 한 행정 직원이 나를 서류 뭉치 앞에 앉혀 놓고 내 고용 상태를 유지하기 위해서는 7년 안에 열 가지 일을 해야 한다고 알려 주었다. 굵직한 독자 연구 저서 두 권과 학술 논문 여덟 편을 써야 하고, 그러면 대학의 상급자들이 둘러앉아 내 지적 가치를 검토할 터였다. 그러면, 또 그래야만, 나는 내 페이스대로 살 수 있었다.

이 업계에 종사하는 여성은 그 몇 년 사이에 임신을 하고 가정을 꾸릴 시간이 있는지를 파악해야 한다. 내 또래의 미국 종교학자들 중 남자는 전부 아이가 셋이고 여자는 아이가 한 명이거나 아예 없는 것을 보고서야 확실히 깨달은 사실이다. 학계의 여성들은 생물학적 생산과 지적 생산을 동시에 할 시간이 없다. 아이를 갖고 싶으면 본인의 생체 시계를 '테뉴어 시계'tenure clock라 불리는 종신 재직권 보장 여부 평가 기간에 맞춰야 한다. 듀크대학교에서 점선 위에 서명한 지 2,550일 만에 종신 재직권 보장 알람이 울릴 때, 나는 논란의 여지가 없는 전문성을 지닌 뛰어난 학자이자 비범한 작가로 자리매김해야 했다. 그리고 내 마음속은 온통 두려움과 내 평생 우리 아빠가 이루지 못한 직업을 쟁취할 수 있는 기회에 대한 감사함뿐이었다.

* * *

아빠는 내가 열네 살 때 집을 떠났다. 나와 언니, 여동생을 버린 것도 아니고 다이앤 레인을 꼭 닮은 아내를 버릴 만큼 정신 나간 사람도 아니었다. 하지만 아빠는 떠났고 우리는 아빠의 얼마 안 되는 옷들(셔츠 다섯 장, 블레이저 한 벌, 스웨터 두 벌과 남색 슬랙스 한 벌)을 헐렁한 여행 가방에 싸는 것을 돕고, 그 밖에 아빠에게 필요한 물건들을 찾아 집 안을 돌아다녔다.

짐의 대부분이 책이라 무게가 많이 나갔기 때문에 우리는 아빠한테 다시 생각해 보라고 청했다. 언제까지든 아빠가 준비될 때까지 잘 보관해 두겠다고.

먼지 낀 장미 벽지가 습기 때문에 벗겨지고 있는 가족 욕실에서 나는 아빠의 부재를 찬찬히 살펴보았다. 아빠의 면도기, 칫솔, 한 줌의 동전처럼 구릿빛을 띠는 아빠의 머리카락을 빗던 살 굵은 빗. 아빠는 욕실에 도서관처럼 책이 많이 있는 게 당연하다고 여겼던 터라 십수 개의 안경 중 하나를 욕조 옆에 놓아두었지만 나는 그게 엄청 비위생적이라고 생각했다. 엄마는 화장실 휴지를 다 쓰면 새것을 채워 두라는 메모를 자주 남겼지만(당신은 할 수 있어요! 그럼요, 할 수 있고말고요!), 아빠는 지성을 채우는 데 훨씬 많은 투자를 했다.

우리 부모님은 20대 때 가족 중 아무도 이루지 못한 일을 해내고 대학에 진학했으며, 어떤 이유에서인지 그곳에서 상당한 성과도 거뒀다. 두 분 다 영국의 대학에서 장학금을 받아 아빠는 역사, 엄마는 음악 분야의 박사학위를 취득했다. 아빠는 크리켓과 튜더 왕가의 역사를 좋아하고, 여덟 층의 계단을 올라가야 하는 작은 아파트에서 아이들이 다치지 않도록 지키는(결과는 오락가락했지만) 열정적인 분이었다. 화려한 메조소프라노의 목소리를 가진 엄마는 일렉트릭 피닉스라는 전위적인 가수 그룹에 속해 유럽을 돌며 공연했는데, 이 그룹의 히트곡들은 클래식 음악을 배운 유령들이 디스코 시대의 잔재를 노래하는 것처럼 들렸다. 엄마는 찰스 왕세자(현 찰스 3세－옮긴이)도 두 번이나 만났다.

두 분이 캐나다로 돌아와 취업하기로 결정했을 때, 일자리는 드물었다. 대학과 어떻게든 관련된 일자리를 찾다 보니 우리 가족은 매니토바대학교와 인연을 맺게 되었다. 그곳에서 빛을 발했던 엄마는 후에 동 대학 음대에서 여성 박사로는 최초로 종신 재직권을 받았다.

우리 세 자매는 몸이 아파서 등교를 못 할 때면 엄마 사무실에 있는 단풍나무 피아노 밑에서 낮잠을 자거나, 새된 소리를 지르며 복도를 뛰어다녔다. 그렇게 오렌지 소다에 취한 세 소녀가 만들어 내는 음향에 귀를 기울이곤 했다. 아빠한테는 거의 가지 않았는데, 아빠의 사무실은 우리 모두가 왜 대학이 스탈린주의 건축물에 자금을 들였는지 궁금해하게 만든 건물의 창고 같은 방이었다. 아빠는 '부수적'이라는 뜻의 '겸임' 교원이었고 그에 합당한 대우를 받았다. 다음 학기에도 계속 일하고 싶으면 몇 달마다 다시 그 직책에 지원해야 했다. 아니면 다시 실업보험을 신청하거나.

내 어린 시절 아빠에 대한 기억은 대부분 아빠가 얇은 파란색 시험용 책자 더미에 파묻힌 책상에 앉아서 한 번에 수백 권씩 채점을 하던 모습이다.

아빠는 매주 세 대학을 바삐 오가며 전임 교수들이 꺼리는 수업이라면 가리지 않고 가르쳤고 그 수입으로 생활했다. 그래서 중세 영국의 범죄부터 캐나다 식민주의, 바트 심슨(미국 애니메이션 〈심슨 가족〉의 등장인물―옮긴이)의 역사에 이르기까지 다양한 주제를 섭렵했다. 어떤 면에서 봐도 터무니없는 스케줄이었다. 아빠는 어떤 직업을 위해서가 아니라 학자 협회에 들어가고자 10년을 준비했지만 결국 새벽 2시에 캠퍼스 내 음료 자판기에서 다이어트 마운틴듀를 한 개 더 뽑으려고 25센트짜리 동전들을 밀어 넣고 있을 뿐이었다. 아빠는 더 늦게 자고, 살이 찌고, 내가 직접 경험하기 전에는 어떻게 불러야 할지 몰랐던 일종의 분노로 으르렁대며 우리에게서 점점 더 멀어져 갔다. 그건 바로 아빠가 했던 모든 일이 무의미한 것이 되어 버릴지 모른다는 두려움과 분개였다.

이런 상황이 10년간 이어졌다. 내가 열네 살 때 아빠는 자기 이름이 붙은 사무실과 개인 연구소까지 있는 곳에서 좋은 동료들과 정규직으로 일할 기회를 얻었다. 한 주 건너 캘거리에 있는 그 학교는 전에 내가 우승한 젤리빈 먹기 대회가 열렸던 곳이다. 그곳에 간 아빠는 더 이상 내가 알던 아빠가 아니었다. 이제 아빠는 학생들을 위해 타파웨어 파티를 열고, 하키팀 코치가 되어 라이벌 팀이나 나쁜 심판을 향한 점잖은 조롱의 구호를 이끌어 내는 사람이었다.

"우리 생각은 달라! 우리 생각은 달라! 부당해! 부당해!"

우리 보울러 가족은 진심으로 그 일이 아빠의 삶을 구했다고 믿었다.

그러나 내 간의 상태를 통해 배우고 있듯이 모든 일에는 비용이 든다. 의사들은 내 종양을 한 조각 떼어 내 실험실 쥐의 몸속에 심은 뒤 상태를 지켜보았다. 그 쥐와 나는 둘 다 누군가의 연구 대상이지만, 그 작은 동물이 어떻게 지내는지 아무도 내게 말해 주지 않는다. 우린 괜찮을까?

"기다리는 것만 해도 타격일 거예요."

열두 번째 진찰 때 의사가 말했다. 그녀를 만나러 먼 길을 운전해 온 나는 병원 가운을 입고 검진대에 앉아 맨다리를 흔들고 있었다.

"MRI 기계에 그렇게 자주 들어가셔야 하니…"

"무슨 말씀이세요? 제 암이 계속 자라서 그러시는 건가요?"

"아뇨." 그녀는 침울하게 말했다. "암 검진을 너무 자주 하다가 오히려 새로운 암이 생길까 봐 걱정이 돼서요."

그 말에 나는 대놓고 눈알을 굴리며 바지를 잡아당겼다.

* * *

텔레비전 전도사이자 보수의 아이콘인 팻 로버트슨의 주무대였던 리젠트대학교 캠퍼스에서 데킬라는 허용되지 않았다. 그래서 나와 티제이, 더그는 마르가리타의 맛을 완화시켜 줄 아주 괜찮은 칩과 과카몰레가 있는 근처 식당을 찾았다. 나는 항암 치료가 없는 주말에 늘 하던 것처럼 더럼에서 버지니아비치까지 네 시간을 차로 달려왔다.

전국의 대학들에 고립되어 있던 교수들은 장소 불문하고 무료 강연을 자청해, 다른 교수들과 밤새 사랑하는 가족들조차 불편하게 만들 만큼 전문적인 논쟁을 하며 우리의 가장 소중한 지적 우정을 지켜 나간다. 세부 사항은 아무리 구체적이어도 상관없다. 자만 가득한 논평도 너그럽게 허용된다. 우리는 서로의 말을 가로막으며 정신적인 전력 질주를 하고, 멈추고, 몸을 풀고, 웃는다.

티제이와 더그는 내가 진단받기 전에 시작한 연구 프로젝트인 '보수적 기독교 여성들의 현대사'에 관해 강연하라고 설득했다. 하지만 지적 가능성과 숙달에 대한 느낌은 점점 더 멀리 흘러가 버리고 있었다.

"케이트, 그 강연은 어떻게 할 거야?"

티제이가 나에게 묻고는 미소 띤 얼굴로 여종업원에게 손짓한다. '여기, 마르가리타 한 병 더요!'

밤이 깊어 가고 복음주의 역사에 대한 지적 다툼이 시들해지자, 그들이 내 일을 물고 늘어지기 시작하는 것이 느껴졌다.

"기록 연구는 얼마나 남았어?" 더그가 물었다.

티제이와 나는 서로 눈길을 주고받으며 어색한 웃음을 참는다. 더그는 우리 사이에서는 기록을 아주 깊이 있게 연구하는 데 전설적인 인물이며, 18세기 개신교 세계를 사로잡은 신앙 부흥 운동의 서사적 역사를 거의 완성해 가고 있었다. 그에 비하면 내 작업은 너무 사소하고 조잡해서 아무것도 쌓아 올리지 못하는 것처럼 여겨진다.

"모르겠어." 나는 집중해서 솔직하게 이야기하려고 노력하며 입을 열었다. "전에 많이 해둔 것 같아."

"얼마나 진척됐는데?"

더그가 묻고 내 두 친구는 '처음부터 말해 봐'라는 듯 의자에 등을 기댄다.

그래서 나는 수많은 날짜들, 인터뷰들, 지도들에 관해 이야기하기 시작한다. 수백 시간 분량의 회의와 설교 영상들. 여성들이 미국 최대 규모의 교회들을 이끌 수 있는지, 만약 그렇다면 그 방법은 무엇인지 추적하기 위해 구축한 방대한 데이터베이스. 나는 여러 행사에 얼굴을 내밀었고, 지금까지 100명이 넘는 기독교 인사 및 기독교를 후원하는 산업계 리더들을 인터뷰했다.

벽에 걸린 시계를 힐끗 본 나는 거의 한 시간째 떠들고 있음을 알았지만 두 친구는 모든 사실을 서랍에 집어넣듯 여전히 고개를 끄덕이고 있다.

"하지만 지금은 좀 어리석게 느껴져." 나는 말끝을 흐렸다.

"어리석다니, 왜?"

티제이가 걱정스럽게 물었다. 그는 심리학자를 했어도 잘했을 것이다.

"글쎄, 모든 게 좀…."

"뭐, 뭔데?"

티제이의 목소리는 단호하지만 친절하다. 그는 우리가 몇 시간째 이야기해 온 강박적인 독서와 탐색과 궁리와 글쓰기를 펼치듯 팔을 크게 휘둘렀다.

"몰라… 요즘은 좀 우스꽝스러운 느낌이야."

내 대답은 내 의도만큼 철학적으로 들리지는 않았다. 아빠는 크리스마스의 역사에 관해 쓰는 데 10년이 걸렸다. 내가 최근에 낸 번영신학의 역사에 대한 책도 10년에 걸쳐 쓰였다. 그런데 지금 내가 보장받은 시간은 8개월뿐이다.

"이 작업을 위해서는 모든 걸 희생해야 하는데, 지금은 정말 궁금해. 그게 다 무슨 소용이지?"

본질적으로 교수들은 쩨쩨한 낭만주의자들이다. 우리는 오래된 책의 냄새, 지적 배설물 더미에서 금덩어리를 발견하는 쾌감에 푹 빠져 있다. 우리는 건전한 학식이 문명의 무게를 지탱하는 데 도움이 되기를 바라는 마음으로 가르치고, 글을 쓰고, 가족 휴가를 망치지만 실제로는 지적 삶의 대부분을 돈벌이가 되는 일자리를 좇고, 8년에 걸쳐 쓴 책을 500부 이상 팔려고 애쓰고, 자신의 최근 저서에 충분한 찬사를 보내지 않았다는 이유로 동료들의 승진에 반대하며 보낸다. 이 직업이 아무리 마음을 아프게 해도 우리는 계속 이 직업을 사랑할 것이다.

"음…."

티제이는 잠시 주위를 둘러보다가 또 한 병의 마르가리타가 테이블 위에 놓이는 걸 보고는 활짝 웃는다. 내게 정리할 시간을 주듯 그는 천천히 우리에게 마르가리타를 따라 주고, 우리가 그것을 한 모금 마시고 소금을 핥을 때까지 좀 더 기다린다.

"있잖아, 케이트." 마침내 그가 말했다. "난 오늘 네가 사람들 앞에 선 걸 봤어. 넌 모두를 말 그대로 홀려 버렸지. 아니, 들어 봐. 그게 바로 너야."

나는 슬픈 눈으로 그를 쳐다보았다.

"책을 써!" 그는 단호하게 말했다.

"그러다 내가 올여름에 죽기라도 하면…?" 나는 우물 깊은 곳에서부터 가장 차가운 말들을 퍼낸다. "내가 계속 있을 수도 없는 자리를 지키려고 아무도 읽지 않을 바보 같은 역사책을 쓰는 데 내 마지막 순간들을 써야 하잖아. 그 귀한 1분 1초는 아들하고 보내야 하는데. 뭐, 어차피 그 애는 나를 기억하지 못할 테지만…."

그 이상한 꿈, 우리 아빠의 꿈. 이제 그것을 놓아야 할 때다.

더그는 두 손을 테이블 위에 모으고 양손 검지를 첨탑 모양으로 붙인 채 한동안 침묵을 지켰다. 그는 어떤 생각이 난 듯 검지를 몇 번 마주 두드리더니 고개를 들어 진심 어린 표정으로 나를 쳐다보았다.

"케이트, 난 네가 대부분의 관심을 아들한테 집중하는 법을 찾을 수 있으리라 믿어 의심치 않아. 넌 항상 그래 왔고 앞으로도 계속 그럴 거야. 하지만 네 일을 그런 식으로 생각하는 건… 옳지 않아. 내 생각은 그래." 그는 잠시 쉬었다 다시 말했다. "그 일이 좋아?"

"응." 나는 고백한다.

"게다가 넌 아주 잘하기까지 하잖아." 그의 이 말은 질문이 아니다. "그런데도 넌 너의 인간관계에만 가치를 두고 그 일은 마치 부차적인 것, 혹은 네 야심과 욕망의 표현에 불과한 것처럼 프레임을 씌우고 있어. 하지만 그건 네가 사랑하는 것이고 네 재능이 발휘되는 분야인 데다… 이렇게 직접적으로밖에는 말을 못 하겠다."

나는 감정이 북받쳐 그를 똑바로 보기가 어렵다.

"케이트, 최악의 경우 그 책이 네 마지막 작업이 된다고 해도 잭은 거기서 널 발견할 수 있을 거야."

내가 양손에 얼굴을 묻자 티제이가 내 등에 손을 올렸다.

"케이트, 넌 그 안에 있어. 그러니까 책을 써."

"알겠어." 무안해진 나는 목청을 가다듬으며 말했다. "그래, 알겠다고."

나는 우리 테이블의 초상집 같은 분위기를 못 본 체하고 있는 센스 있는 여종업원에게 손짓한다.

"고맙습니다. 네, 아직 의논할 게 남아서요. 한 잔씩 더 해야겠어요."

* * *

다음 날 아침, 회의에 빠진 나는 캠퍼스를 가로질러 육중한 도서관 문들을 차례차례 열고 들어갔다.

기다란 카운터 뒤에 앉은 학생 직원은 아무도 보이지 않는, 책장들이 끝없이 이어진 거대한 미로 속에서 멍하니 휴대폰을 보고 있다.

"안녕하세요! 오늘 아침에 데이터베이스를 확인해 보니 이 잡지 40년치를 다 소장하고 계시더군요."

나는 쾌활하게 말하며 그에게 청구 번호가 적힌 종이 한 장을 건넸다.

"스캔하는 걸 좀 도와주셨으면 해요. 제가 어떻게 하는지 보여 드릴까요?"

그리고 나는 출발했다. 전에 와 본 적 없는 곳인데도 나는 민첩하게 표지를 해석하며 책장들 사이를 빠르게 움직여 나아갔고, 그 학생 직원은 내 뒤를 따라왔다. 곧 우리는 전혀 손 댄 흔적이 없는 번들번들한 잡지들이 가득 꽂힌 두 개의 벽 앞에 섰다.

"제가 스캔부터 시작할까요? 파일 분류만 좀 부탁드려요." 나는 재잘거렸다.

"어느 잡지요?" 학생이 피곤한 듯 물었다.

나는 도무지 내 열정을 숨길 수가 없다.

"전부 다요!"

* * *

우리는 다시 한번 검토했다. 결정을 내리기 전, 의사인 내 친구 맥스와 함께 수십 가지 작은 판단을 거쳤다. 우리는 '암 감축'debulking cancer에 대해 그리고 간 절제술에 내재된 위험에 대해 이야기했다. 면역요법의 가능성과 두 번째 약이 제때 출시될 수 있을지에 대해서도 논의했다. 맥스는 내가 세부 사항들을 계속 살피며 언어와 선택지들을 더 익숙하게 느끼도록 도와주었다.

"내 생각에는 우간엽 전체를 잘라 내는 게 좋을 것 같아. 간의 절반이 넘지만 다시 자라잖아. 미안, 자라는 게 아니라 비대해지는 거구나. 하지만 그렇게 하면 큰 종양 몇 개가 제거되고, 그 후에 수술이 불가능한 종양의 방사선 치료를 다시 논의할 수 있어."

"좋아!" 마침내 맥스가 말했다. "그럼 여기까지는 된 거네."

"여기까지는 된 거야."

나는 맥스의 말을 되받으며 담요를 발밑으로 밀어 넣었다. 날씨가 어떻든 간에 나는 모든 불가능한 결정을 할 때 야외의 끊임없이 움직이는 하늘 아래에서 내려야 한다고 고집했다. 그렇지 않으면 내가 아직 살아 있다는 것을 어떻게 알 수 있을까?

"그리고 내가 내 환자들과 하는 게 있어. 나는 환자들에게 날짜를 표시해 두라고 말해. 넌 지금 이 순간 네가 가지고 있는 정보를 토대로 결정을 내린 거야. 다음 주면 새로운 치료법이나 지금은 없는 차질이 발생할 수도 있고, 네가 이런 선택을 한 모든 이유가 쓸모없어 보일지도 몰라. '만약에' 혹은 '그러지 말걸' 같은 생각으로 열받아할 수도 있고… 그렇지만 지금 당장은 이게 네가 가진 정보로 할 수 있는 최선의 선택이지. 네 스스로에게 '내가 어떻게 알았겠어!'라고 말할 수 있는 선물을 주라는 거야."

"내가 어떻게 알았겠어!" 나는 그의 말을 따라 했다.

"그렇지! 다른 모든 결정과 마찬가지로 이 결정도 좋든 나쁘든 이 시점에는 유효한 거야."

벤치에 등을 기대자 파란 하늘 여기저기에 흩뿌려진 구름들이 더 잘 보였다.

"그럼 여기까지는 된 거야."

"된 거지. 오늘은 수요일이고!" 맥스가 동의했다.

* * *

캘거리의 대학에서 좋은 일자리를 얻었던 아빠가 3년 후 집에 돌아왔을 때 나는 이미 대학생이 되어 독립한 뒤였지만 나는 아빠가 달라졌다는 것을 알았다. 아빠는 전에 있었던 매니토바대학교의 그 건물로 돌아갔다. 쥐꼬리만 한 월급도, 동료 없는 외로움도 전과 같았다. 하지만 누군가는 크리스마스에 관한 방대한 백과사전을 쓰고, 나아가 그 자매품으로 산타클로스의 역사에 대해서도 써야 하지 않겠느냐고 아빠는 주장했다.

매니토바대학교가 겸임 교원 계약을 재협상하던 중 나이 많은 아빠가 고용 안정성은 더 적은 상황에서 더 많은 수업을 해야 한다는 이야기가 나온 순간, 아빠는 그 일이 더 이상 소명이 아님을 뼈저리게 느꼈다. 그건 그냥 일일 뿐이었다.

"음, 이거면 된 것 같네요." 아빠는 자기가 맡은 마지막 수업들 중 하나에서 이렇게 말했다. "내가 달력을 보는데, 중국어를 배울 시간이 얼마 안 남았더군요. 난 항상 중국어를 배우고 싶었거든요. 그리고 랩과 힙합의 차이는 도대체 뭔가요?"

엄마가 전하기를, 학생들은 웃었지만 아빠는 어떤 생각에 확신을 갖지 못할 때 짓는 씁쓸한 표정이었다고 한다.

"사람들은 인생이 두루마리 휴지 같다고 말합니다. 끝으로 갈수록 더 빠르게 사라진다는 점에서요. 이제 그 말이 더 와닿는군요."

아빠는 이 말을 하고는 프랑스인들의 여러 가지 결점에 관한 역사 수업으로 황급히 돌아갔다.

다음 날, 사무실에 물건을 챙기러 가던 아빠는 사무실 문 앞에 놓인 두루마리 휴지 더미에 걸려 넘어질 뻔했다. 아빠가 그중 하나를 집어 들자 파란색 글씨가 휘갈겨진 휴지가 바닥으로 풀렸다. 그 글씨는 랩과 힙합의 정의 그리고 기초 한자들이었다. 학생들은 친절한 충고도 적어 놓았다. '천천히 하세요. 아직 시간은 많아요.'

"그래서 그렇게 할 생각이다." 그날 밤 아빠는 전화로 내게 말했다. "끝으로 간다고 서두르지 않으려고. 내가 할 만한 다른 일이 뭐가 있을까?"

"저는 이해가 안 돼요, 아빠." 나는 아빠를 다그쳤다. "아빠는 수년 전에 대학에 몸담기로 결정하셨잖아요. 형편없는 재계약에 서명해야 한다는 건 아니지만 이해가 안 돼요. 저는 아빠가 돼지 앞에 진주(고마워하지 않는 사람에게 선행을 베푼다는 속담―옮긴이)를 던지고 계신 줄 알았거든요."

"돼지 앞에 진주를 던져 줘, 얘야!"

아빠는 내 평생 그 말을 해 왔다. 저녁 식사 시간에. 차 안에서. 내가 초등학교 때 타일러라는 아이의 머틀리 크루(미국의 헤비메탈 밴드―옮긴이)에 관한 발표에 훨씬 관심이 많은 반 아이들 앞에서 모차르트에 대해 발표하기 전에.

"지식은 지식이야. 상관하지 말고 하렴. 타일러 같은 아이들 앞에 진주를 던져 줘."

"내가 가르치는 걸 좋아하긴 했지." 아빠는 천천히 말했다.

"하지만 이제는… 내 생각에… 더 많은 걸 바라는 건 언제든 허용된다고 생각해."

"뭐, 그런 거라면… 굉장히 합리적인 것 같네요."

"맞아, 그렇지?"

"아, 새로운 소식이 있어요. 제 책을 끝마치기로 결심했어요. 테뉴어 시계가 멈출 때까지 5개월이 더 남았거든요. 계산을 해보니까 남은 183일 동안 매일 500자씩 완벽한 글을 쓰면 10만 자 분량의 원고를 완성할 수 있겠더라고요."

나는 숨도 안 쉬고 말했다. 그게 터무니없는 일이라는 건 우리 둘 다 알고 있었다.

"멋지구나! 네가 하는 일을 관심을 갖고 지켜보마."

* * *

그 후 몇 달은 이른 아침의 한바탕 글쓰기, 병원에서 보내는 긴 오후 시간 그리고 그 사이사이에 어린 아들과 바다코끼리 아저씨 인형과 보내는 시간들로 뭉뚱그려졌다. 아빠는 매일 밤 내 원고를 주의 깊게 읽고, 제안을 하고, 오늘의 작업이 '상당히 수용할 만하다'라고 선언했다.

그 일을 시작한 지 5개월 후 테뉴어 관계 서류 제출 기한 바로 전날, 나는 전체 원고를 아빠한테 보내고 아빠는 제목과 서문 사이에 있는 헌사를 읽었다.

내가 나락으로 떨어졌을 때
내 몸의 먼지를 털고 다시 산을 오를 수 있게 해주신
아버지께

화면을 응시하던 아빠는 갑자기 알레르기의 맹습을 받기라도 한 듯 눈을 깜빡거렸다.

"글쎄." 아빠는 신음하듯 말했다. "나락이라고까지 표현할 정도는 아니지."

"고마워요, 아빠! 정말 좋은 꿈이었어요."

"그랬지?" 아빠는 양손을 배 위에 모으며 의자에 편히 등을 기댔다. "정말 좋은 꿈이고말고."

＊ ＊ ＊

가족들이 이번에는 내 간 절제술 때문에 다시 분주해졌다. 시어머니는 잭의 잠옷, 반바지, 셔츠, 수영복과 잭이 꼭 가져가야 하는 친구들이라고 말한(으스러질 듯 얼굴에 대고 눌러 냄새를 맡으며 더없이 행복한 한숨을 내쉬고는) 동물 인형 열일곱 개를 챙기고 있다. 병원에 입원한 모습을 아들에게 보이고 싶지 않은 나를 배려해, 시댁 식구들은 고맙게도 내 수술이 잘 끝난 것을 확인한 후 잭을 데리고 짧은 휴가를 떠나기로 했다.

내가 챙길 짐은 세안제, 칫솔, 목이 넓은 양말, 머리빗 정도로 거의 없는 반면 마음의 준비가 더 큰 부분을 차지했다. 병원 코디네이터에게 미소 짓기. 머리를 땋아서 수술모 속에 넣기. 어차피 가운은 벗을 거니까 매듭에 신경 쓰지 말기. 지난번 정맥 주사를 맞았을 때 혈관이 잘 안 보였던 부위가 어디인지 간호사에게 알려 주기. 이동 침대가 수술실로 들어가는 순간에 드는 가벼운 히스테리 느낌을 받아들이기.

문 앞에서 기다리고 있던 성직자용 칼라를 한 친구 윌에게 손을 뻗으면 직원은 잠시 시간을 준다. 가족과 친구들은 수술이 잘되리라고 믿으며 호출기를 들고 대기실로 휩쓸리듯 들어갔지만, 그는 해야 할 일이 있기에 그 순간을 기다리고 있었던 것이다. 그의 소명이 그가 그렇게 하도록 만들었다.

"새벽 4시야, 윌." 나는 쉰 목소리로 말했다. "너, 진짜 나를 사랑하는구나?"

월은 남부 신사들이 흔히 그러듯 내 말을 무시해 버린다. 그러고는 침대 앞쪽으로 와서 내 머리에 손을 얹었다.

"주 예수여, 이 수술하는 의사들과 그들의 손이 하는 일을 축복해 주소서. 그 보살핌과 치유를 축복하소서. 그리고 당신의 이 소중한 딸을 축복해 주소서."

나는 눈물이 흐르는 눈을 깜빡이며 그를 올려다보았지만 그의 눈은 꼭 감겨 있었다.

"하느님, 부디 이 아이를 살려 주십시오. 그녀에게는 아직 다 이루지 못한 최고의 작업이 남아 있나이다."

7

예견된 결말을
견뎌야 하는 존재

○

우리는 종종 우리가 극복해 낸 것보다
우리가 안고 있는 문제들에 의해 정의된다.

할 말이 별로 없었던 터라 그 만남은 10분밖에 안 걸렸다. 만일 그날 진찰실에 비디오카메라가 있었다면 지극히 평범한 동작만 기록되었을 것이다. 의사는 들어와서 환자와 악수를 한다. 환자는 의사가 말하는 동안 고개를 끄덕인다. 책상에 있는 컴퓨터 모니터가 켜지고, 의사는 환자에게 흑백 영상들을 보여 준다. 환자는 의사가 가리키는 화면을 더 잘 보려고 의자를 끌어당긴다. 의사는 어깨를 으쓱한다. 환자도 어깨를 으쓱한다. 잠시 대화가 오가고, 명함을 건네고, 환자는 그것을 자기 배낭에 집어넣는다. 둘 다 퇴장한다.

* * *

나는 간 절제 후 복부를 이등분한 18센티미터 길이의 절개 부위를 돌보느라 침체된 여름을 보냈다. 수술은 아주 절묘하게 절제된 폭력 행위이며, 회복은 낯선 여운이다. 그 일이 정말 나한테 일어난 건가? 내 몸이 내 몸이 아닌 것 같아. 잠깐, 한번 확인해 볼게. 아냐, 이건 다른 사람 몸이 틀림없어.

"잭을 안고 싶어." 여느 때처럼 밤에 집 주변을 산책하다가 나는 그리움이 담긴 목소리로 토번에게 말했다. "꼭 강아지들이 들어 있는 바구니 같다니까."

"도베르만들로 가득 찬 바구니에 더 가깝지." 토번이 잭을 들어 어깨에 둘러메자 잭은 즐거움의 환호성을 질렀다.

나는 잘라 낼 수 없는 가장 위험한 종양을 표적으로 삼는 일을 논의하기 위해 방사선 종양학과 팀과 만나기로 되어 있었다.

거의 두 시간이 지나서야 전문의가 진료실로 들어와 내게 악수를 청했다.

"죄송합니다." 그녀는 숨을 약간 헐떡이며 말했다. "그런데 못 찾겠어요. 안 보여요, 전혀." 그녀는 마지막 단어를 길게 늘이며 컴퓨터를 켰다. "보여 드릴게요. 그걸 찾느라 팀 전체를 불러 모아야 했어요."

나는 이제 그 영상들이 익숙하다. 척추의 하얀 기둥, 의사가 적절한 관찰 각도를 찾는 동안 보였다 안 보였다 하며 헤엄치는 폐, 신장과 간의 흐릿한 윤곽들. 전에 간엽이 있었던 곳은 어두운 색으로 텅 비어서 낯설었는데, 새로운 조직이 빈 곳을 메우듯 크게 부풀어 있었다.

"아, 여기 있네요." 그러고는 영상을 정지시켰다. "다시 한번 말씀드리지만 늦어서 죄송합니다. 제가 본 것을 확인하기 위해 방사선 팀을 소집했어요. 그게 어디로 갔는지 알아내는 데 한참이 걸렸지만 여기 있습니다." 그녀는 라임 빛깔 녹색으로 10센트짜리 동전만큼 짧고 가느다란 선을 그었다.

우리는 둘 다 화면 쪽으로 몸을 숙이고 고개를 비스듬히 기울였다. 배 속이 요동쳤다. 남아 있던 구슬 크기의 종양이 사라졌다. 그 종양들이 죽거나 휴면 상태가 되는 게 최고의 시나리오지만 결코 사라지지는 않을 거라는 말만 들었는데….

"왜 사라진 거죠?" 나는 조용히 물었다.

"어쩌면 압축된 걸지도요. 팬케이크처럼?" 그녀의 목소리는 마치 결론에 도달하려는 듯 한 옥타브 높아졌다.

"종양이 압축되는 건 무엇 때문인가요? 수술과 관련이 있을까요?"

"아뇨, 그런 것 같지는 않아요."

우리는 화면에서 눈을 뗄 수가 없었다.

"마지막 남은 종양이… 압축된 거네요." 내가 다시 말했다.

"그런 것 같아요."

"그러면…."

"원하시면 10월에 다시 찍어 볼 수 있어요. 하지만 이건 방사선 치료를 하지 않을 겁니다."

"그렇군요. 한번 생각해 볼게요."

"적어 드리는 게 좋겠네요."

내가 또렷하게 생각을 할 수 없는 상황임을 감지했는지 그녀가 밝게 말했다. 그러더니 명함을 꺼내 자기가 치료에 사용하려고 했던 방사선의 종류를 적었다. 그러고는 그 밑에 파란색 필기체로 '팬케이크 종양'이라고 썼다.

"자, 이게 오늘 일어난 일이에요." 그녀가 내게 명함을 건네며 말했다.

"네, 고맙습니다." 나는 명함을 배낭 주머니에 집어넣고 문밖으로 나서며 말했다.

팬케이크 종양에 대한 이야기는 토번에게만 하고 다른 사람에게는 하지 않았다. 소식을 들은 토번은 두 눈을 감고 관자놀이를 문지르더니 낮잠을 자러 갔다. 이제 우리는 그 어떤 말도 허투루 여기지 않고 가볍게 받아들이거나 증거 없이 감행하지 않는다. 하지 않아도 될 말은 하지 않고 한 켠에 간직했던 희망을 성급히 되찾으려 하지도 않는다. 고통받는 사람들 사이에는 어떤 유대감이 있으며 이는 침묵으로 표시된다.

나는 내 담당 종양 전문의 카트라이트 박사를 만나기까지 2주를 더 참았고, 그가 스캔 영상에서 방사선 종양학과 전문의가 그려 둔 밝은 녹색 선을 찾는 데 또 10분이 걸렸다.

"네, 없어졌네요." 그가 말했다.

"압축된 게 아니고요?" 나는 희망을 품고 물었다.

"없어졌어요."

나는 전국의 많은 의사에게 면역 치료에 '완전 반응'complete response을 보이는 환자가 있었는지 물었지만 그런 경우는 손에 꼽혔다.

"그렇군요." 나는 부드럽게 말했다.

카트라이트 박사가 마우스를 클릭해 밝은 영상이 닫히고 모니터가 꺼지는 사이, 내 얼굴에는 미소가 번졌다.

* * *

가족과 친구들 대부분은 내 사라진 종양에 관한 소식을 이미 믿고 있었다는 듯 진심으로 환영하는 분위기다. 케이트는

다 나았어. 하나님을 찬양해, 이건 기적이야! 그들은 그 사실을 잠시 곱씹고, 놀라움에 들뜬 목소리로 말하다가 갑자기 축구 연습이나 오븐 안에 있는 피자에 어떤 토핑이 올라갔는지에 대한 이야기로 돌아간다. 이제 끝났다. 사실, 대부분의 사람에게 그 일은 이미 오래전에 끝난 것이었다.

이상하게도 가끔은 가장 사랑하는 사람들이 당신에 대한 걱정을 제일 먼저 그만둔다. 완고한 낙관주의의 장벽이 당신과 그들 사이를 가로막고 있다. 넌 괜찮을 거야. 이에 반하는 모든 것은 전달하기가 너무나 어려워 보인다. 고통은 밀접한 동시에 멀리 떨어져 있으며 강렬한 동시에 지루하다. 내 대략적인 계산에 따르면 아무리 끔찍한 소식도 3개월 정도만 지나면 잊히는 듯하다. 네 다리가 저절로 터졌다고? 북극곰들이 조합을 결성하고 있어? 어, 이미 들은 얘기야.

우리는 특히 만성적인, 정신적 또는 신체적 고통이 지속되는 것에 대해 이야기하기를 어려워한다. 기운찬 아메리칸 드림의 신화는 모든 장애물을 극복하는, 할 수 있다는 정신을 토대로 하지만 모든 문제를 극복할 수는 없다. 그래서 우리는 종종 우리가 극복해 낸 것보다 우리가 안고 있는 문제들에 의해 정의된다. 지속적인 고통은 두려워해야겠지만 누가 그렇게 오랫동안 두려움에 떨고 있을 수 있겠는가?

전에 내 친구 루크가 기독교에는 전통적으로 세 가지 시간적 경험을 일컫는 특별한 언어가 있다고 말했다. 비극적, 종말적, 목가적.

"네가 지금 묘사하고 있는 건 비극적 시간이야."

비극적 시간은 거시적 신정론(악의 존재를 신의 섭리로 보는 이론으로, 신의 존재를 부인하려는 이론에 대응해 생겨났다.―옮긴이)이다. 악의 문제는 모든 것이 올바르게 될 것이라는 환상을 쓸어 버리고, 우리는 불현듯 세상의 선함을 의심하게 된다. 우리는 길고도 짧은 우리 존재의 문제와 씨름한다. 우리는 캐서린을 잃은 히스클리프(에밀리 브론테의 소설《폭풍의 언덕》주인공―옮긴이)처럼 우리가 사랑하고 잃어버린 기억들의 집합체인 사연 많은 인생을 견뎌야 하는 존재다.

"넌 그런 시간에 잘 적응하고 있어."

루크는 관대하게 말했고, 난 정말 그랬다. 나는 씩 웃었다.

"하지만 종말적 시간도 있어. 서로 관련은 있지만 똑같지는 않지."

베일이 벗겨지고 이제 우리는 벼랑 끝에 선 자신을 발견한다. 온갖 체계는 망가져 복구할 수 없고 불의가 만연해 있다.

종말이라는 단어는 계시를 의미하며, 그 예언자들은 여러 가지 징조를 본다. 어떤 이들은 국가를 도덕적 중심축에서 벗어나게 하거나 공동체들이 지상에 하나님의 왕국을 세우지 못하게 막아 온 죄악들과 초자연적인 단서들을 본다. 이제 우리는 산속에 틀어박혀 우리의 불순함을 정화하고 이스라엘을 회복하거나, 적그리스도를 경계해야 한다. 대부분의 종말론자는 지구만 지켜보고 있어도 된다. 만년설이 녹지 않고, 산불이 커지지 않고, 우리가 살포한 독 때문에 흙이 썩지 않고 있는 건 단 몇 도의 기온 차이 덕분이다. 세상의 종말은 머지않았다.

종말적 시간은 놀랍고도 끔찍할 만큼 명확하다. 마지막 장은 이미 읽혔고, 이제 너무 늦어 버려서 우리 이야기의 숨겨진 모든 면이 드러나기 시작한다. 차창을 통해 구걸하던 사람들, 우리가 알고 지냈다가 잊어버린 사람들, 심적 부담이나 특권 때문에 지치거나 소외된 친구들. 우리의 다정한 인간성과 근심 어린 희망이 한데 뒤섞인 위대한 드라마는 언제나 있었다. 우리는 항상 똑같았는데, 나는 이를 마치 처음 알게 된 사실인 양 매번 새롭게 깨닫는다.

내가 그것을 분명히 알게 된 건, 수요일 이른 아침마다 애틀랜타 공항 화장실에서 노숙자 엄마들이 자기 아이들을 학교에 데려다줄 방법을 찾기를 바라며 세면대에서 아이들의 졸린 얼굴을 씻기는 걸 보았을 때였다. 그들은 모든 소지품을 여행용 가방에 담고 비행기를 기다리는 척하며 수하물 찾는 곳 근처에서 잠을 자곤 했다. 어떻게 나는 세상을 있는 그대로 보지 못했을까? 이제 무엇을 해도 그 장면들은 내 마음속에서 사라지지 않는다.

나는 구원적 종말에 대한 기독교적 믿음으로 위안 삼아야 한다는 것을 알고 있다. 갑작스럽고 놀라운 결말이 다가오면 눈부신 빛이 폭발해 우리 눈을 태우고 우리의 마음은 공포와 안도감으로 가득 찰 것이다. 하지만 그사이에 내 마음은 변했다. 때려치워! 이게 내 존재의 최후라면 여기서 이렇게 이메일에 답장이나 쓰고 싶을까? 그런 순간이라면 불도저를 빌리고, 중요한 점심 약속 도중에 말없이 자리를 뜨고, 페이스북에서 가구들을 나눠 주다가 남편에게 자신이 가장 좋아하는 의자는 남겨 달라는 댓글을 받는 정도는 돼야 하지 않을까?

만약 이 문제에 대해 선택권이 있다면 사람들 대부분은 종말적 시간도, 비극적 시간도 선택하지 않을 것이다. 그들은 목가적 시간에 살 거라고 루크는 설명한다. 목가적 시간에는 계절이 변함에 따라 씨를 뿌리고 수확하며 땅을 갈고 가축 무리를 기른다. 우리가 알다시피 목사라는 직함도 목자라는 단어에서 유래했는데, 이는 기독교 사역의 대부분이 일상적인 삶에 주의를 기울이는 것이기 때문이다. 신학교에 다니는 내 학생들은 지상에 하늘나라를 세우는 하나님의 일에 참여한다는 대의를 품고 입학했지만 대부분은 예배당의 음향 시스템을 다루거나 교회 협의회에서 누군가를 내보내려고 애쓰는 데 시간을 보낸다.

"엄청 지루하게 들리는걸." 내가 끼어들었다.

"교회력에서는 목가적 시간을 일상적인 시간이라고 불러. 그게 삶의 대부분이지."

루크는 내게 시선을 고정한 채 말했다. 영국인들은 이런 날카로운 순간에 엄청난 자제력을 보인다.

"난 더 이상 일상적인 시간에 익숙하지 않은 것 같아." 나는 마지못해 인정한다. 내가 좀 우쭐해졌던 건 아닐까? 세상의 종말이라는 드라마가 장보기, 사진 걸기, 세금 내기보다 더 중요하다는 지나친 확신을 가졌던 건 아닐까? 모든 일에는 때가 있는 법인데….

토번의 사랑하는 할머니가 돌아가셨다는 소식을 들은 우리는 비행기에 몸을 싣고 매니토바 집으로 향했다. 할머니가 사시던 시골의 교회를 가득 메운 수백 명의 조문객이 작별 인사를 하고, 고인의 남편과 자녀들이 들려주는 이야기를 듣고, 성경을 읽고, 우아한 화음으로 노래를 부른다. 오래전 메노나이트 교도들은 노래 재능을 대가로 사탄과 계약을 맺었지만 지금은 아무도 그 이론에 대해 논의하려 하지 않는다.

예배가 끝난 후 빵과 마시멜로 샐러드처럼 쉽게 만들 수 있는 요리들이 놓인 뷔페 테이블에는 나이 든 여성들이 가득했다. 나중에 가족들은 한데 모여 할머니가 80년을 보낸 농장 옆에 묻히는 모습을 지켜보며 가족 예배를 드렸다. 관은 열려 있고 할머니는 10월의 햇살 아래 평화롭게 누워 있었다. 손주들이 근처의 건초 더미를 기어오르며 장례식 예복을 엉망으로 만드는 동안, 어른들은 서로 손을 잡고 눈물을 흘렸다.

수확을 마친 들판은 여유롭고, 사랑으로 안절부절못하며 서 있는 가족의 모습은 너무나도 아름다웠다. 나는 노스캐롤라이나로 떠나기 전에 나만의 계획을 세웠다. 농장 언저리에 나와 토번의 무덤으로 쓸 땅을 살 것이다. 먼 훗날 언젠가 우리 손자가 보리밭 옆 나무 울타리를 수리하는 동안 우리가 눈 쌓인 땅속에서 함께 잠들어 있을 수 있도록.

* * *

외과의는 펜으로 화면을 두드리며 밝은 이미지 사이로 움직이는 어두운 덩어리를 가리켰다.

"여기 있습니다. 이 각도에서 보면 깊이가 더 잘 보일 겁니다. 측면에서 보면 이렇고요."

예견된 시나리오대로 라면, 그는 내 복부를 반으로 갈라놓은 길고 가느다란 흉터를 확인하고 자기가 절개한 부위가 주름 없이 잘 봉합된 것을 감상했어야 했다. 그가 새로운 스캔 결과를 보여 주며 간 500그램이 추출된 그림자처럼 어두운 부분을 가리키면, 우리는 악수를 나눴어야 했다. "경황이 없어서 감사 인사도 못 드렸네요. 정말 훌륭한 수술이었어요."라고 말하면서.

그런데 지금 나는 명백한 종양의 이미지를 멍하니 쳐다보고 있다. 내 안에 새로운 것이 자라났다. 모두가 일어날 리 없다고 말했던 그 무언가가. 공격적인 암인 것 같다. 의사는 내게 상황을 파악할 시간을 주듯 자세를 고쳐 앉으며 헛기침을 했다. '이건 추적 관찰입니다. 단지 추적 관찰일 뿐이에요.'

의사는 내가 말할 때까지 기다리는 걸 그만두기로 결정한 듯 자리를 떴다. 얼마 후 그는 서류를 들고 돌아왔다. 그의 말에 따르면, 카트라이트 박사는 함께할 수 없지만 다음 단계에 대한 자문은 해주었다고 한다. 나는 이 병원 안 어딘가에서 다시 방사선 치료를 받기로 예약되었다. 그는 내게 행운을 빌어 주었다.

의사가 문을 닫고 나간 후 부드러운 노크 소리가 들리더니 접수 담당 간호사가 고개를 들이밀며 상냥하게 묻는다.

"누구랑 같이 오셨나요?"

"아, 아뇨… 그냥 추적 관찰이라서요."

나는 설명한다. 하지만 그것만으로는 설명이 되지 않는다.

* * *

그렇게 기나긴 날들을 보내는 동안 나는 잭의 네 번째 생일을 준비하고, 잘 시간이 되면 잭이 태어난 날을 장황하게 재현한다. 각고의 노력 끝에 나는 유혈이 낭자하고 고통스러운 부분들은 다 빼고, 그 중심 줄거리인 위대한 발견으로 농축해낸다.

"엄마 배 속에 아기가 있었는데, 어느 날 아기가 밖으로 나오려고 한다는 걸 알았어. 아기는 밀고 또 밀었지. 그게 누구였는지 아니?" 나는 묻는다.

"나였어요!" 잭은 아주 기뻐하며 외친다. 아이는 자기 대사를 잘 알고 있다.

"하지만 엄마는 아직 알 수가 없었어. 그래서 병원에 갔지. 아기는 밀고 또 밀었지만 나오지는 않았어."

"나였어요!"

"하지만 엄마는 아직 알 수가 없었어." 나는 잠시 멈췄다가 다시 말한다. "결국, 시간이 됐어. 아기가 밀고 또 밀어서 마침내 나온 거야. 간호사들은 아기를 들어 깨끗하게 닦고 확인한 다음 몸무게를 재고…."

이때쯤이면 잭은 거의 참지 못할 지경이 된다.

"나였어요, 엄마!"

"음, 드디어 간호사가 아기를 내 품에 안겨 주었어. 아기와 엄마는 처음으로 서로의 눈을 바라보았고 사랑에 빠졌지. 바로 그 순간 우리는 서로를 사랑하게 된 거야. 그리고 엄마가 무슨 말을 했는지 아니?"

잭의 두 눈이 휘둥그레진다. 우리는 제일 좋아하는 이 부분에서 뜸을 들인다.

"엄마는 '너였구나. 처음부터 너였어'라고 말했어."

"나였어요." 그러더니 잭은 한숨을 내쉰다. "내가 그렇게 태어났다고요? 그러고 나서 점점 더 커지고요? 엄마도 아기였어요? 엄마도 커졌어요?" 잭은 사람이 나이 드는 것에 관한 질문에 푹 빠졌다. "그런데 할머니는 묻혔어요." 잭이 불쑥 말했다. "사람들이 큰 구멍을 팠어요. 그리고 할머니를 흙 속에 집어넣었어요."

"오, 잭! 증조할머니는 정말 특별하셨단다. 할머니가 돌아가셨을 때 모두가 진심으로 슬퍼하며 할머니의 시신을 땅에 묻었지. 하지만 우리는 할머니의 영혼, 그러니까 할머니를 특별하게 만든 바로 그 부분이 하나님과 함께하기 위해 하늘나라로 갔다고 생각해. 그래서 우리는 슬프지만 행복하단다. 나중에 할머니를 다시 만날 수 있다고 생각하니까."

잭은 말없이 방 안을 둘러보았다.

"하지만 엄마들은 땅에 묻히지 않잖아요." 잭이 날카롭게 말한다. 그것은 요구인 동시에 질문이기도 하다.

"오! 그럼, 얘야." 나는 너무 서둘러 말한다. 아직 준비가 안되었다는 증거다.

"엄마는 묻히지 않아요." 잭은 내 눈을 뚫어져라 쳐다보며 반복한다.

"사람은 보통 죽기 전에 나이가 들어." 나는 불확실하게 마무리한다.

"그런 다음에는 하나님하고 같이 있어요?" 잭이 물었다.

"응."

"하지만 하나님은 안 보이는 걸."

"가끔 우리는 여기서 하나님을 느낄 수 있어." 나는 잭의 가슴에 손을 얹으며 말했다. "운이 좋으면 기적 같은 신비한 일이 일어나서 하나님을 보기도 해. 하지만 대부분은 사랑이나 용서처럼 흔히 있는 놀라움 속에서 하나님을 볼 수 있지."

"증조할머니는 뒤뜰에 묻혀 있잖아요. 땅을 파면 할머니를 찾을 수 있어요." 마침내 잭이 말했다.

"증조할머니는 캐나다에 묻히셨어, 잭. 그리고 우리가 땅을 파서 할머니를 찾는다고 해도 깨어나시지는 않을 거야."

잭은 한동안 두 눈을 감고 있다.

"그러면 나랑 같이 누워요, 엄마."

눈물을 삼키며 미끄러지듯 잭 옆자리에 들어가 누우니, 내 친구 윌 주교가 어린 소년의 장례식 주재를 준비하던 때가 생각났다. 윌은 심호흡으로 마음을 안정시킨 후 슬퍼하는 부모를 마주하러 나가려던 참이었는데, 갑자기 멈춰 서더니 하늘을 올려다보았다. "하느님, 어찌 저더러 나가서 또 당신을 위해 거짓말을 하라 하시나이까." 그는 화난 소리로 속삭였다.

* * *

나는 친구들과 가족들에게 아무렇지 않게 알렸다. 이제 극적인 상황 같은 건 펼쳐지지 않는다. 공항까지 질주하거나 눈물겨운 선언을 하는 일도 없을 것이다. 우리는 현실주의자가 다 되었다.

2주 후면 방사선 치료가 시작된다. 무엇을 해야 할지 확신이 서지 않아 다음 날 멍한 기분으로 몇 달 전에 세워 둔 계획에 따라 앨버타주 북부로 16시간의 비행길에 올랐다. 거기 메노나이트 교도인 친구 조가 교수로 있는 대학에서 강의를 한 다음 잭의 네 번째 생일파티를 위해 곧바로 집으로 돌아올 것이다.

"취소했어야지. 우리도 이해했을 텐데."

조는 공항 밖에서 나를 껴안으며 말했다. 나는 눈이 부은 채로 멋쩍어하며 어깨를 으쓱했다. 조는 내 손에 들린 짐을 가져가 자신의 차 트렁크에 조심스럽게 집어넣었다. 그러고는 나를 걱정스럽게 바라보며 말을 이었다.

"많이 힘들겠다."

나는 몇 시간 못 자서 녹초가 된 기분이지만 머릿속으로는 계속 계획을 세우고 있다. 잭의 생일. 곧 잭과 토번은 캐나다로 돌아가겠지. 잭에게 스키 바지를 사 줘야 하는데. 우리의 마지막 크리스마스 때 토번에게 뭔가 바보 같은 걸 선물하면 재미있지 않을까? 오토바이? 이 소중한 마지막 순간들.

나는 심호흡을 한다. 잠시 다른 모든 사람과 일상적인 시간을 살아갈 수 있다고 상상하며 환각에 빠져 있었다. 하지만 지금 이 상황을 받아들여야 한다. 여기는 앨버타다. 공기가 상쾌하면서도 차갑다. 나는 내 앞에 있는 남자에게 집중하려고 애쓰며 고개를 살짝 흔들었다.

조의 덥수룩한 포니테일은 사라졌지만 그는 고등학교 시절 '서레이티드 스캘펄'이라는 이름의 밴드에 있을 때 입었던 가죽 재킷과 검은색 티셔츠에 여전히 심취해 있다. 나이가 더 들고 교수다워졌지만 지금도 피어싱을 한 모습이 멋지다.

조는 나를 보며 코를 찡그렸다.

"왜?"

"이렇게 오래 떠나 있을 생각은 아니었는데."

조는 미소를 지었다.

"나도 여기 살 생각은 없었어."

우리는 주위를 둘러봤다. 메노나이트 교도들은 이런 사려 깊은 침묵에 능하다.

"내 시간은 다 네 거야. 킴하고 애들은 집에 있으니까 이따 저녁은 다 같이 먹자고." 마침내 그가 말한다.

"이번이 내 마지막 여행이 될 수도 있으니까. 정말 뭐든 할 수 있겠어?"

"100퍼센트!"

"이 근처에 세계에서 가장 큰 조각상 같은 게 있나?"

조는 휴대폰을 꺼내 지도를 확인했다. 세계에서 가장 큰 우크라이나 소시지가 반대 방향으로 두 시간 거리에 있다.

"지구상에서 가장 높은 고기 조각일 거야." 조는 진지하게 말했다.

그 후 사흘간 우리는 밤늦게까지 자지 않고 시내를 걸어 다니거나, 세븐일레븐 뒤편 주차장에서 슬러시에 보드카를 타 마셨다. 가끔은 걸음을 멈추고 교회 건축에 대해 고찰하거나 서부 캐나다 정착지들의 종교적 역사에 관해 논의했다. 우리는 천국에 대해 걱정하고, 우리와 친구가 될 자격이 전혀 없는 친구들에 대해 불평하며 도무지 기억이 나지 않는 어떤 이유로 엘크의 가죽을 벗겼다. 나는 기억에 남지 않은 강의를 하고 마지막에 청중의 박수를 받았다. 내가 공항으로 떠나려 할 때쯤, 조의 가족은 사려 깊게 잭의 생일 파티를 위한 장식들을 내 가방에 챙겨 주었다.

"작별 인사를 어떻게 해야 할지 모르겠어."

나는 탑승구에서 단체로 포옹을 하며 말했다.

"안 하면 되지. 우리 그냥… 세계에서 가장 큰 부활절 달걀이 이 근처에 있다고 해두자."

조의 말에 우리는 처음부터 다시 포옹을 시작했다.

* * *

나는 잠든 아들 주위를 맴돌며 '생일 축하합니다' 노래를 처음부터 끝까지, 높은 음은 더 길게 빼 가며 마음껏 큰 소리로 부른다. 졸린 눈을 비비며 마지못해 새 하루를 맞이하면서도 착하게 미소 짓는 잭의 모습보다 더 예쁜 게 있을까?

"엄마 인생 최고의 날에 온 걸 환영해!" 나는 크게 환성을 질렀다. "이날은 아주아주 건방진 아기가 세상으로 밀고 들어와 우리 집에 이사 온 날이야."

"난 건방지지 않아요." 잭은 하품을 한다. "난 잭이에요."

"그리고 넌 오늘 네 살이 됐지."

나는 잭의 귀와 이마와 볼에 입을 맞추고, 잭은 참기 힘들어한다.

"네 살 아니에요." 잭이 주장한다. "아직 네 살 안 됐어요!"

잭이 케이크의 촛불을 끄는 바로 그 순간 네 살이 된다고 생각했다는 것을 알고, 나도 누구 못지않게 놀랐다. 잭은 이를 그 자리에 모인 손님들(유니콘, 공주님, 바닷가재와 네 명의 슈퍼히어로)에게 큰 소리로 선언했다. 그다음에는 케이크를 붙잡으려 덤벼드는 유니콘을 테이블에서 끌어내느라 노랫소리와 외치는 소리가 뒤섞였지만 어른들은 훌륭하게 노래를 이어갔다. 밝은 노란색 날개가 달린 자주색 용은 그 모든 소란에도 아랑곳하지 않고 자신의 왕국을 흐뭇하게 바라보았다.

조용히 소원을 빈 잭은 대여섯 번의 시도 끝에야 네 개의 촛불을 다 껐는데, 산만해져서 다람쥐들에게 소리를 지르며 잔디밭을 뛰어다녔기 때문이다. 내가 끈적끈적해진 그 아이의 몸에서 옷을 벗기고 잠옷으로 갈아입힐 때쯤, 잭은 자기가 무슨 소원을 빌었는지 완전히 잊어버렸다.

색 테이프 장식을 떼어 내고 종이 접시들을 치우고 있을 때, 옆문에서 노크 소리가 들렸다. 내 의사 친구 맥스가 새로운 스캔 결과에 대해 이야기하러 온 것이다.

"음… 잭이 더 컸어. 내 예상보다 2년 더 살았네!"

나는 눈물이 그렁그렁한 눈으로 어깨를 으쓱했다.

맥스는 나를 안아 주어야 할지, 청소를 시작해야 할지 모르겠다는 듯 잠시 주위를 둘러보다가 테이블 한쪽의 물건들을 옆으로 치웠다. 그러고는 가죽 서류 가방을 내려놓고 노트북을 꺼냈다.

"이건…." 그는 고개를 가로저었다. "미안하지만 끔찍해. 무슨 일이 일어난 건지 알아보자, 알겠지? 최대한 많이 알 때까지 파헤칠 거야."

나는 서랍을 열고 수백 장의 진료 보고서를 두 손으로 꺼내 우리 사이에 턱 내려놓았다.

"너도 잘 알다시피, 새로운 종양이 면역 치료제를 뚫고 무서운 속도로 자랐어. 정말 나쁜 소식이지. 그래서 전에 받은 스캔들을 전부 다시 살펴보고 방사선과 전문의들이 의심스럽다고 했던 부분들을 표시해 뒀어. 여기서부터 시작하는 게 좋을 거라고 생각했거든."

나는 테이블 위에 놓인 몇백 쪽짜리 서류를 그에게 밀었다. 여기저기에 아무렇게나 쓴 메모와 노란색 형광펜 자국들이 보인다.

맥스는 안경을 꺼내 서류들을 훑어보기 시작했다. 느린 작업이지만 우리는 우리만의 리듬을 찾아 갔다. 내가 진료 보고서들을 소리 내 읽으면 그가 내 CT와 MRI 사진들을 넘겨 보는 것이다("난 방사선 전문이 아니니까 그걸 감안해서 생각해야 해." 그는 사과하듯 말했다). 자료를 살펴보는 동안, 그는 중간중간 멈춰 내게 경고해 줄 여러 부분을 설명하고 해석했다. 폐는 변덕스러워서 반점이 생겼다가도 금세 사라질 수 있다고. 그의 추측에 따르면, 내 간에 분포된 어두운 반점들은 한때는 악성이었지만 면역요법이 효과가 있었다면 지금쯤은 죽은 조직일 것이다. 복강막은 어떻게 하기로 했어? 암 양성 판정을 받은 림프절은 몇 개나 돼? 우리는 자료를 이 잡듯이 꼼꼼히 살펴보았다.

"잠깐!" 맥스가 이마를 문지르며 말했다. "방금 그 부분 다시 읽어 봐."

"4번 구획에 2센티미터 크기의 암흑 물질 영역이 있었다고 돼 있어. 그게 이 종양인데… 잠깐, 그리고 여기 '신호 감소' signal dropout가 있었다고 했어."

우리는 얼굴을 찡그렸다.

"이 용어 들어 본 적 있어?" 내가 물었다.

"전혀…"

내 손가락이 컴퓨터 키보드 위로 날 듯이 움직이며 그 용어와 방사선학에서의 기원, 주파수 상태 저하와 관련된 내용들을 검색했다.

"아래를 확인해 봐." 맥스가 갑자기 말했다. "다른 방사선과 전문의의 서명이 있어?"

"아니."

그는 내 손에서 보고서를 잡아채 빠르게 훑어보다가 멈추고는 휴대폰을 휙 꺼내 번호를 눌렀다.

"안녕! 늦은 시간에 미안. 전화 받아 줘서 고마워."

나는 너무 긴장한 나머지 앉아 있을 수가 없어서 대화에 귀를 기울인 채 부엌을 치우기 시작했지만 시작부터 무슨 내용인지 따라갈 수가 없었다. 몇 분 지나지 않아 맥스가 휴대폰을 테이블 위에 내려놓더니 손바닥으로 찰싹 내려쳤다.

"신호 감소!" 그가 환성을 질렀다. "신호 감소! 4번 구획에 신호 감소가 있었다고 했지? 내가 제일 좋아하는 방사선과 전문의가 다행히도 전화를 받아서 말해 줬는데, 그 부분을 스캔할 때는 신호가 안 좋은 게 흔한 일이래."

맥스는 키보드를 쳐 내 방사선 보고서를 화면에 띄웠다.

"아… 그럴 만하네." 그가 조용히 말했다. "보고서가 수정됐어. 내 생각에는 다른 방사선과 전문의가 이 보고서를 검토한 것 같아. 이제 여기에 종양이라는 말은 없어."

"뭐라고 적혀 있는데?" 나는 숨을 죽였다.

"여기에는… '지방 침착'$_{fat\ deposit}$이라고 돼 있어."

그 말에 우리는 웃음을 터뜨렸다.

"그러니까 내가 죽어 가고 있는 게 아니라 그냥… 뚱뚱한 거라고?"

"2센티미터 크기의 지방 침착은…."

"암이 아니지!" 내가 외쳤다.

"이건 분명 암이 아니야."

"나는 내 간이 통통한 게 오히려 더 좋아."

나는 배를 두드리며 단호하게 말했다. 그리고 내가 어서 모두에게 그 소식을 전하도록 서둘러 나가려는 맥스에게 아낌없는 감사의 말을 전했다.

밤늦게 나는 카트라이트 박사에게 그날 있었던 일을 차분하게 설명하는 글을 썼다. 내가 놀랐던 것과 맥스가 이 조사를 도와준 것에 대해 쓰고, 우리의 느낌으로는 내게 새로운 종양이 생기지 않은 것 같은데 혹시 방사선과에서 이를 확인해 줄 수 있는지 물었다. 카트라이트 박사는 즉시 답장을 보내, 내 말대로 그 부위는 종양이 아니지만 그런 느낌이 들면 자기에게 먼저 와 주기를 바란다고 시들하게 말했다. 우리가 얼굴을 맞대고 만났을 때 그는 내가 암에 걸렸다고 믿었다는 사실에 매우 놀라워하는 모습을 보일 것이다. 내가 암 진단을 받고 방사선 치료를 시작하라는 지시까지 받았는데도 말이다. 카트라이트 박사는 매우 신중하며 불리한 것을 절대 인정하지 않는다. 나의 불안 외에는 아무것도 인정하지 않는다.

잠도 오지 않을 만큼 지친 나는 용의 은신처로 조용히 기어든다. 잭은 몇 시간 전에 선물받은 거대한 장난감 크레인에 파묻혀 거의 보이지 않고, 손은 크레인의 팔 부분에 감겨 있다. 나는 장난감 크레인을 잭의 손에서 살며시 빼낸 뒤 잭의 한숨 소리를 들으며 침대 위, 그 애 곁에 오른다. 잭이 내 목에 머리를 파묻고 내 턱이 그 애의 끈적끈적한 이마에 닿자 아직도 풀과 버터크림 아이싱 냄새가 난다. 나는 초원에도 서류 더미에도 묻혀 있지 않다. 나는 여기에 있다.

8

두려움을
멈출 만한
적당한 때

○

고통의 순간들 중에도 분명히
선물처럼 느껴지는 순간이 있었다.

"이건 또 무슨 뜻이죠?" 내가 카트라이트 박사에게 물었다.

그는 믿어지지 않는다는 듯 기쁜 얼굴로 내 차트를 빤히 보고 있다. 나는 예전의 상태로 돌아왔다. 안정적인 상태. 앞으로 나아가지도 뒤로 물러나지도 않는. 그는 모든 지표에 따르면 내가 이미 오래전에 죽었어야 하지만 지금은 암세포의 (다는 아니더라도) 대부분이 죽었을 가능성이 높다고 다시 한번 말한다. 하지만 나는 토번과 함께 앉아서 눈썹을 찌푸리고 두통을 참는 듯 손가락으로 관자놀이를 누른다.

그는 모호한 이야기를 하기 시작한다. 우리는 알 수 없다고, 과학이 우리에게 말해 줄 수 있는 것에는 한계가 있다고. 하지만 나는 이런 불확실한 상황에 익숙하다. 위험하고 불안정한 상황에서 적응하고 살아가는 법을 안다. 스캔을 할 때마다 깊은 곳에서부터 불어오는 찬바람을 느낄 수 있다. 그리고 나는 연구원 한 명, 방사선과 전문의 두 명, 종양 전문의 한 명이 몇 달 뒤 또 스캔을 하자고 연락해 올 때까지 언제까지고 기다릴 수 있다.

"그런데 그게 무슨 뜻이냐고요?" 나는 다시 물었다. "완치됐다는 건 아니지만 생존의 기준은 충족되었다는 거네요. 제가… 새롭게 시작할 수 있을까요?"

마음속이 빙글빙글 돈다. 친한 친구는 셋째를 임신 중이고 (그 친구는 "마감 직전에 겨우 들어왔어."라고 말하며 웃었다), 네 번째 수양 자녀의 법적 후견인이 되고자 서류를 준비하고 있는 이웃도 있다. 그들의 유복함을 축하하기로 마음먹은 나는 마치 추수감사절에 남은 음식을 싸 주듯 잭이 즐겨 사용하던 물건들을 그들에게 한가득 들려 보내곤 했다. 유모차 가져가. 잠깐, 그 스웨터에 어울리는 바지가 어디 있을 텐데….

하지만 낯선 사람들에게 "아뇨, 잭은 외동아이예요."라고 말할 때나 두 번째 침실을 사무실로 개조하고, 마지막 임신의 흔적을 옷장에서 지워버릴 때 내 목소리는 떨렸다. 나는 과거로 돌아갈 수 없도록 모든 고리를 끊었다. 우리는 오직 앞으로만 나아갈 거야.

그런데, 어쩌면….

"아이를 가질 수도 있어." 나는 불쑥 말을 꺼내고는 눈만 깜빡이고 있는 토번을 쳐다보았다.

우리는 삶을 다시 시작할 수 있다. 우리가 상상했던 가정을 꾸릴 수 있다. 조금 더 많은 희망을 걸어 볼 수도 있다. 나는 그들을 향해 환한 미소를 지었다.

"글쎄요." 카트라이트 박사는 굳은 미소를 지으며 말했다. "그렇다면 출판할 만한 사례가 되겠죠."

* * *

암 클리닉을 떠날 때쯤 나는 상황을 좀 더 정확히 파악했다.

나는 면역요법을 받겠다는 동의서에 서명함과 동시에 치료 기간 동안 생식력을 포기했다. 내 삶은 무기한으로 약물의 효능에 달려 있다. 그런데 그 약들은 여성의 생식력에 어떤 영향을 미칠까? 자라나는 태아에게는? 임신부는 일종의 숙주다. 만약 내 면역 체계가 내가 숙주 역할을 하는 임신과 전쟁을 일으킨다면 어떻게 될까? 그 약들이 더 이상 작용하지 않는다면? 궁금한 게 너무 많다.

토번은 내내 말이 없다. 우리가 떠날 때 그는 고개를 가로

저었다. 지친 모습으로.

"난 잘 모르겠어, 케이트."

"아니, 괜찮아. 바보 같은 말이었어. 난 그냥… 아까는 잠시 우리가 돌아갈 수 있을 거라고 생각했어."

* * *

미국인들은 "후회 없어."no regrets라고 말하기를 좋아한다. 사소한 일부터 충격적인 일까지, 때로는 그냥 과거로 돌아갈 수 있으면 좋겠다고 인정하는 것이 불가능해 보인다. 바람? 후회 없어. 그 직업을 포기한 것? 전혀 신경 쓰지 않아. 스캔들이 터져 인터뷰를 하게 된 유명 인사들은 온갖 질문에 힘겹게 답하다가 마지막에는 "하지만 그것이 오늘의 나를 만들었어요."라고 말하곤 한다. 우리는 우리가 겪은 경험들의 결과이니 뒤를 돌아볼 필요가 없다고 한다. 우리가 걸어온 길은 다른 곳이 아닌 바로 여기로 이어질 수밖에 없었다고.

자기계발 산업을 연구하면서 수천 권의 베스트셀러를 분류하다 보면 이런 거창한 발전의 이야기들에 도취된 느낌이 들 수밖에 없다. 믿음만 있으면 불가능한 일은 없다!《위대한 학교》The School of Greatness 나《내면의 힘을 펼쳐라》Unleash the Power

Within 같은 제목과 미소 짓고 있는 책 표지의 얼굴들은 당신이 언제든지 당신의 삶을 고칠 수 있다고 일깨운다. 이걸 먹어 보세요, 그러면 아프지 않을 거예요. 살을 빼세요, 그러면 절대로 외롭지 않을 거예요. 아픔은 피할 수 없지만 고통은 선택하기에 달렸어요.

우리는 더 나은 내일을 향해 달려가는 문화 속에 살고 있지만 고통은 서서히 진행되는 소모전이다. 처음에는 편한 친구들과 소소한 대화를 잃게 되고, 그다음에는 은퇴 계획을 그리고 어떤 새로운 프로젝트에 뛰어드는 설렘을 잃게 된다.

"이번 주에 또 스캔을 받아야 해."

나는 사랑하는 사람들이 내 궤도에 다시 합류해도 안전하다고 안심하게끔 아무렇지 않게 말한다. 스캔은 계속된다. 그게 내 현실이다. 그러나 내가 아는 사람들은 종종 다소 고통스러운 야망과 보상의 가능성을 두고 씨름하느라 바쁘다. 나는 그들을 시기하지 않으려 하지만 이제 더 이상 그들과 함께하지는 못한다.

그동안 나는 오랜 투병과 커져 가는 분노로 위축되어 있었다. 다툼을 피하고 사람들의 생일을 기억하려고 얼마나 노력했던가? 타인의 댄스 공연에 참석하고, 그들의 체중 감량 이야기에 귀 기울이고, 내가 받는 치료에 대해서는 세세하게 말하지 않았다. 그런 사람이 더 사랑받기 쉬울 거라고 생각했다.

평소에 주기적으로 통화하는 친구들과 가족들에게 전화하는 것을 멈추는 작은 실험을 해봤다. 그들이 먼저 전화 걸어주기를 바라며. '이건 테스트가 아니야. 이건 테스트가 아니야.' 전화가 오는 경우는 손에 꼽을 정도라서 휴대폰이 조용해진다. 새롭고 낯선 슬픔에 압도되는 기분이다. 내가 못 잊는 것을 모두가 기억해 주기를 바라는 게 심하고 고약한 심보인가? 우리 모두가 삶을 완전히 바꿔 놓을 수 있는 문제로부터 얼마 떨어져 있지 않다는 사실에 직면하고 싶은 사람이 누가 있을까? 몸이 많이 아픈 아이를 둔 친구가 했던 말이 이런 상황을 가장 잘 표현한다.

"나는 사람에게 영감이 되지만 그 누구의 친구도 못 돼."

사람들은 항상 전체적으로 내가 얻은 것을 고려하면 과거로 돌아갈 생각이 있냐고 묻는다. 진실을 알고자 하는 사람이 있을지 모르지만 이전이 너 나았다.

* * *

나는 홀아비 친구 스티브에게 전화해 이 두 번째 외로움의 파도에 관해 이야기했다.

"전에 우울증에 걸린 적이 있어. 이건 우울증은 아니야."

아내가 죽은 지 3년 된 스티브도 비슷한 기분을 느끼고 있다. 우리는 몇 시간 동안 통화하며 잃어버린 것들과 남아 있는 것들을 가려내 보려고 애쓴다. 사라진 것은 사랑의 천문학적인 대가에 대한 우리의 순수함과 미래에 대한 의심스러운 확신이다. 우리는 아픔 때문에 자아도취에 빠지기 싫다는 것과 실수로 셔츠를 탈색한 일을 두고 비극이라고 표현하는 친구를 너그럽게 봐주는 것에 대해 상당한 논의를 벌였다. 그리고 우연히 수수께끼의 핵심을 발견했다는 사실, 즉 고통의 순간들 중에도 분명히 선물처럼 느껴지는 순간이 있었다는 것에 전적으로 동의했다.

"암의 세계에도 믿기 힘들 정도로 의미 있는 무언가가 있었어. 현실의 모든 스펙트럼을 받아들이는 것에 관해서."

어느 날 밤, 나는 그에게 전화로 말했다.

"내가 죽어 가고 있는 상황에서 그 어느 때보다 더 살아 있는 느낌을 받았다는 거야."

"무슨 말인지 알아." 그는 빠르게 동의했다. "아내가 죽었을 때 항상 정말 중요한 게 뭔지 알고 하루하루를 진짜 충실하게 살아가겠다는 결심이 솟구치는 걸 느꼈거든."

우리는 이제는 떠나간, 우리가 온전히 살아가며 기리겠노라 약속했던 모든 사람을 생각하며 깊은 침묵에 빠졌다.

초기의 나를 떠올리면 죄책감이 든다. 그때는 고통스럽게 현재에 매달려 내 두려움을 이용해서 더 명확하게 볼 수 있었다. 나는 무엇을 사랑해야 할지, 누구를 사랑해야 할지 알았다. 더 많은 것에 대한 약속 없이도 충만한 순간들을 발견했었다.

"목적의식이 나한테서 빠져나가고 있어." 그가 말했다.

"나도 마찬가지야. 그것 때문에 내가 완전히 달라졌다고 생각했는데."

"우리가 여기에 갇혀 버린 게 아닐까? 돌아갈 수도 앞으로 나아갈 수도 없이?"

우리는 다른 홀아비나 과부, 암 환자들이 비슷한 일을 겪는 것을 보았다. 사랑하는 사람이 죽는다. 병이 너무 오래간다. 아니면 중독, 이혼, 질병, 사고로 미래가 전부 무너지고 땅에는 소금이 뿌려져 아무것도 새로 자라날 수 없게 된다.

"최근에 실제로 그런 새 한 마리를 봤어."

"뭐?" 스티브가 웃으며 물었다.

"지난주에 주유소에서 처음 듣는 이상한 소리가 들리는 거야. 불과 1분 뒤에 계산대 뒤 새장에서 새 한 마리가, 그러니까 앵무새가 '생일 축하합니다'를 부르는 소리라는 걸 알았어. 그래서 내가 물었지. 올리버라는 그 앵무새는 원래 아주 잘나가던 부동산 중개인의 반려동물이었는데, 주인이 죽은 후에는 새로운 주인이 올 때마다 물고 얼굴에 날개를 퍼덕거렸다는 거야. 나는 올리버한테 가서 세상에서 제일 우울한 '생일 축하합니다'를 몇 번 같이 불렀어."

스티브는 더 크게 웃었다.

"그런데 계산대에 있던 남자가 말했어. '아가씨, 신경 쓰지 말아요. 저 새는 겨우 마흔 살이라서 앞으로 40년은 더 살 거예요. 하지만 올리버는 한 사람만 따르는 새예요.'"

"한 사람만 따르는 새라니!" 스티브가 외쳤다.

"그러니까! 언제든 삶이 멈춰도 이상하지 않은 거지."

"젠장." 마침내 그는 평정을 되찾으려 애쓰며 말했다. "생각했던 것보다 사는 데 더 많은 용기가 필요하겠군."

* * *

나는 다시 심리상담가를 찾아갔다. 피터는 행동 치료 전문이라 더 이상 어떻게 행동해야 할지 모르는 나로서는 반가울

따름이다.

"앞으로 무슨 일이 일어날지 모르는 상황에서 어떻게 나아가야 할지 모르겠어요." 나는 자세를 고쳐 앉으며 말했다.

나는 그 연구가 내 생존과 관련해 어떤 의미인지 이해시켜 줄 종양 전문의를 찾고 있었다. 임상 시험 중이거나 이 면역 치료제를 복용 중인 다른 환자들은 어떻게 지내고 있을까? 그들 중에 포트를 떼어 낸 사람이 있나? 그들에게 자녀가 있을까? 누구라도 새롭게 시작한 사람이 있나?

"의사들은 현재 당신의 예후를 어떻게 설명하나요?"

"지난번에 종양 전문의는 '지속적인 완화'durable remission라고 했어요. 다른 환자들에 대한 내 질문에는 대답을 해주지 않으려고 해요. 그래서 저는 다른 유명한 의사들을 찾았고, 그중에서도 환자 수가 가장 많은, 최고로 이름난 의사를 찍었죠. 그리고 많은 돈을 들여서 그를 보러 뉴욕까지 날아갔어요."

심리상담가가 몸을 앞으로 기울이며 물었다.

"그래서 그 유명한 의사가 뭐라던가요?"

"끔찍했어요. 모든 사람과 말다툼을 했죠. 인턴한테 대부분의 환자가 면역요법에 반응을 하는지 물었어요. 계속 반응하는 사람은 얼마나 되는지도요. 유전적 변수에 대해서도 물었죠. 의사가 계속 대답을 회피해서 우리는 논쟁을 벌였고, 결국에는 그 정보를 알려 줄 수는 있지만 그게 나한테 의미가 있을지 모르겠다고 하더군요."

심리상담가와 나는 멍하니 서로를 바라봤다.

"분명히 거기에 대해 뭐라고 말했겠군요." 그는 낮은 목소리로 말했다.

그다음에 일어난 일은 슬로 모션으로 기억한다. 그 유명한 의사가 마침내 진료실에 들어와 자리에 앉았고 또 같은 논쟁이 벌어졌다. 나는 속도를 높이기 위해 그들의 동료들과 연구 그리고 그들의 세계를 충분히 잘 알고 있다는 점을 어필하며, 처음에는 가벼운 질문들을 던지다가 중요한 질문으로 자연스럽게 넘어갔다.

"당신의 임상 경험에 비춰 볼 때, 저와 같은 환자들의 장기 생존에 대해 어떻게 직감하시나요?"

그는 대답이 없었다. 나는 다시 시도했다.

"제발요, 아무리 이해하려고 해도 일반인으로서 알 수 있는 데는 한계가 있잖아요. 선생님의 임상 시험 결과가 공개되려면 몇 년이나 더 있어야 해요. 선생님이 그 과정에서 알게 된 것들이 있을 거고 저는 그저 그걸 활용하고 싶을 뿐이에요!"

그는 미끼를 물지 않았다. 우리는 종합 비타민 복용에 대해 길게 논의했고, 나는 마지막으로 한 번 더 시도했다.

"저기요, 저는 여기에 오기 위해 모든 돈과 시간과 연구를 쏟아부었어요. 알 수 없다는 말을 4년이나 들었는데, 사실 어떤 사람들은 알고 있더군요. 선생님은 알고 있어요."

그 유명한 의사는 나를 평가하듯 쳐다보았다.

"이게 왜 당신한테 그렇게 중요합니까?"

"왜냐고요? 살고 싶으니까요!" 그는 긴 한숨을 내쉬었다.

"살다…라." 그가 되받았다. 그 단어가 잠시 공중에 떠 있었다. "그러면 죽음은 어떤 의미인가요?"

피가 얼굴로 솟구치는 느낌이었다.

"아이가 유치원에 가기 전에 죽는 거요." 나는 내뱉듯 대답했다. "선생님이 이 문제에 대해 철학적인 입장이시라니 다행이네요."

우리는 한동안 서로를 쳐다보았고, 그는 곧 표정을 누그러뜨리고 다시 미소를 지었다.

"음… 환자분의 차트를 다시 한번 살펴볼까요."

결국 그는 내게 유전자 스크리닝(유전적 질병의 발견 및 예방을 위한 검사—옮긴이)을 한 번 더 받고 6개월 후에 다시 오라고 제안했다.

심리상담가에게 모든 이야기를 하다 보니 갑자기 지친 기분이 들었다. 나는 안락의자에 발을 올려 무릎을 껴안고는 잠시 마음을 가다듬었다. 심리상담가는 살짝 헛기침을 했다.

"케이트, 그건 배신이에요. 당신이 치유될 수 있을 거라고 믿을 만한 충분한 이유가 있는데도 당신은 그러지 않았어요."

나는 고맙다는 말을 하려고 했지만 코를 훌쩍이는 소리만 날 뿐이다.

"당신은 이 고조된 현재에 영원히 남게 됐네요."

"네… 정말 그래요. 만약 제가 인간의 존재와 덜 관련된 무언가를 두려워한다면 무엇을 처방하시겠어요? 이를테면 높은 건물 같은 것 말이에요."

"음, 당신을 지붕 위로 데려가서 긴장을 풀 때까지 거기에 앉혀 둘 수도 있겠죠. 그런 것을 노출 치료라고 부릅니다."

"선생님이 나를 지붕 위로 데리고 갔는데 지붕이 무너진다면요? 그것도 여러 번이요." 나는 큰 소리로 말했다.

"그러면 시간이 훨씬 오래 걸리겠죠." 그가 웃으며 말했다.

"두려움은 나를 살아 있게 해줬어요. 저는 진료 보고서, 의사들의 표정, 임상 시험 공고 등을 읽는 법을 배웠죠."

"두려움은 당신의 훌륭한 친구였어요. 하지만 이런 극도의 경계 상태에 머물러서는 안 됩니다. 더 이상은… 여기에 살아서는 안 돼요." 그의 이 말이 어찌나 부드럽게 내 발에 와 닿던지. "당신은 머물러 있으면 안 돼요."

"두려움을 멈출 만한 적당한 때가 있을까요? 의학은 제게 그에 대한 답을 주려 하지 않네요."

"앞으로 나아가려면 꼭 두려워하는 것을 멈춰야 하나요? 당신에게 잃을 것이 뭐가 있죠?" 그가 되물었다.

"전부 다요!" 나는 즉시 눈물이 글썽해져서 외쳤다. "잭을 잃을 수 있어요! 토번도요! 내 모든 계획, 여행, 바보 같은 꿈들도 잃게 되겠죠!"

"맞아요!"

"저더러 용기나 그와 비슷한 걸 가지라는 말씀이시죠?"

우리는 이제 열심히 웃고 있었다.

"그런 것 같네요." 그는 진정하려 애쓰며 대답했다.

나는 두려워할 충분한 이유가 있고, 땅이 뒤틀리는 기분이 어떤 것인지 알고, 이대로 머물기가 두렵지만 앞으로 나아가기는 더 두렵다. 그동안 배운 것을 잊어버리면 어쩌지? 다시 희망을 갖는 법을 배우지 못하면 어쩌지?

나는 피터를 바라보며 불안한 미소를 지었다.

"그게… 눈앞에 뭔가가 보여요. 전에는 일어날 수 없는 일로
여겨졌던 일들에 대해 생각하게 되고요. 저는 마흔 살이 돼 보
고 싶어요. 어쩌면 여러 가능성에 대한 지나친 고민 없이 그
렇게 되기를 기대해 봐도 되겠죠?"

"훌륭한 생각입니다."

* * *

"성함이요?"

"케이트 보울러요."

"생년월일은요?"

"1980년 6월 16일이요."

"오늘 어떤 수술을 받으시는지 말씀해 주시겠습니까?"

나는 내 흉근에 파묻혀 있는 장치를, 그 삼각형 모양으로
튀어나온 피부를 손으로 가리킨다. 화학요법제와 면역요법
제를 정기적으로 주입하는 동안에는 포트가 필요했지만 이
제는 관망 목적의 스캔을 정기적으로 받고 있어서 포트의 필
요성이 의심된다. 필요할 수도 있겠지만 나는 고통스러운 낙
관주의를 택하기로 마음먹었다.

"포트 제거 수술을 받을 겁니다."

수술 간호사는 마치 콘크리트를 부어 만든 듯한 모습이라, 그의 거대한 손이 내 차트에 글씨를 적을 때 플라스틱 펜이 부러지지 않은 게 신기할 정도다. 간호사는 나를 거의 쳐다보지도 않는다.

"아니면 여기서 바로 할 수도 있어요." 나는 그를 쳐다보며 말을 잇는다. "당신이 맨손을 제 흉강 안에 집어넣고 이 뛰는 심장에서 포트를 뜯어낼 수 있다면요."

그가 오랫동안 웃는 바람에 내 하루는 달라지기 시작했다. 이름이 패트릭인 그는 캐나다 뉴펀들랜드섬 출신으로 내게 다른 캐나다 간호사들도 만나보고 싶으냐고 물었다. 물론이죠. 나는 토번을 다시 불러다 수술 직전까지 함께 있을 수 있고, 내 슬리퍼를 계속 신을 수 있게 되었다. 마취 전문의가 도착할 때쯤, 캐나다 간호사들은 성인 하키 리그에서 다른 사람을 다치게 하기에 충분한 이유들(과시하기, 꾸물거리기 등)을 열거하고, 나는 이 포트를 삽입한 후에 내게 데이트를 신청했던 외과의의 이름을 말해 주었다. 큰 소리로 웃던 그들은 결국 그 의사의 데이트 신청은 불법인 동시에 내 생존에 대한 훌륭한 신임 투표였다고 결론지었다.

"병원은 추적 관리를 아주 중요하게 생각하니까요." 패트릭이 말했다.

이 호의적 기류는 약물이 투여되고 수술이 시작되는 순간까지 계속되었다. 잠깐, 어디 출신이라고 하셨죠? 뉴펀들랜드에는 가본 적 없지만 우리 언니가 노바스코샤에 살았어요. 뉴펀들랜드가 1949년까지 영국 식민지 아니었나요? 물어볼 게 있는데, 어디서 오셨다고 했죠? 내 목소리는 크고 또렷하게 들리고, 저음으로 웅성거리는 대답 소리도 들린다. 하지만 나는 차갑고 깊은 호수에서 헤엄치고 있다. 더 깊이 잠수하려고 발차기를 한다. 아래로, 아래로, 아래로. 폐 속의 공기를 쥐어짜는 물의 무게가 느껴지기 시작한다. 갑자기 숨을 쉴 수가 없다. 고막이 튕기는 소리가 나더니 가슴에서 무언가가 뜯겨져 나가는 강한 당김이 느껴진다.

"보여 줘." 나는 누구에게랄 것도 없이 외친다. "보여 줘!"

그리고 일순간 아무것도 없다. 어둠도. 그냥 무無의 상태다.

몇 시간 후 패트릭은 자진해서 토번과 함께 휠체어를 탄 나를 병원 입구까지 데려다주었다. 나는 그 조용한 순간이 그저 감사했다.

"오랜만에 그런 모습을 봤어요." 패트릭은 조용히 말했다.

"약을 투여하면 보통 완전히 잃거든요. 그런데 당신은 열심히 싸우더군요."

나는 치솟는 창피함을 억누르려고 애썼다.

"이건 제가 조언받은 것과는 전혀 다른 결정이었어요. 한동안 모든 중대한 의학적 결정들을 저 스스로 내렸는데, 이건… 어렵게 느껴졌어요. 앞으로 무슨 일이 일어날지 모르지만 저는 앞으로 나아가고 있어요."

그는 좀 많이 의미심장한 미소를 지었다.

"잠깐, 제가 제 포트를 보여 달라고 했나요? 수술 중에요? 맞아요. 정말 그랬어요." 나는 흔적도 없이 증발해 버리기를 바라며 두 눈을 꼭 감았다.

그는 다시 웃었다. "정말 확고하시더군요. 그걸 보여 달라고 했고, 그러고 나서는 갖고 가겠다고 했어요."

나는 내 흉벽에 테이프로 붙여진 거즈를 내려다봤다. 이제 다시 내 몸에 나 혼자 남았다.

우리는 출입구에 다다랐다.

"여기까지입니다. 이제 당신 혼자예요." 그는 휠체어에 탄 나를 내려다보며 거대한 손으로 내 머리를 쓰다듬었다. "당신은 링크 위에서 잘 해낼 겁니다." 그는 고개를 저으며 말했고 나는 그 말에 믿음을 갖기 시작했다.

* * *

"엄마…." 잭이 말끝을 흐린다.

우리는 막 잘 자라고 말하려던 참이다. 아직도 여기저기에 반창고가 붙어 있는 상태라 천천히 움직이려고 하지만 잠자리에 드는 시간만큼은 완벽한 속도를 유지한다. 그 시간은 아주 달콤하다. 내가 잭의 방을 나서며 불을 끄려고 하면 갑자기 궁금증으로 가득해진다. "해적들은 육지를 싫어해요?", "치즈는 재미있어요?", "지협이 뭐예요?"

"엄마…." 또 시작이다. "엄마, 우리처럼 사랑이 있는 사람이 있어요? 우리의 고릴라 심장은 사랑사랑, 사랑사랑, 사랑사랑… 이렇게 뛰잖아요." 잭이 작은 주먹으로 가슴을 두드린다.

"고릴라 심장!" 나는 잭의 높이에 맞춰 몸을 낮추며 외친다. "정말 완벽한 표현이구나! 그래, 우리는 크고 바보 같은 고릴라 심장을 갖고 있어, 그렇지?"

3년 전 에이미 언니와의 나들이가 문득 떠오른다. 언니는 병원 일에 온 정신을 쏟고 있던 나를 동물원에 데려가 기분전환을 시켜 주려고 했다. 하지만 우리가 동물원 주차장에 차를 세울 때쯤, 하늘에서는 줄기차게 비가 쏟아지고 있었다. 우리는 한 시간 동안 푹푹 찌는 차 안에 갇혀 내 화학요법제 팩이 리드미컬하게 딸깍이는 소리와 라디오를 동시에 듣고 있었는데, 그때 빗소리 너머로 숨죽여 우는 소리가 들렸다.

"언니… 괜찮아?" 나는 언니 등에 손을 얹으며 조용히 말했다. 언니는 두 손에 얼굴을 파묻은 채 고개를 돌렸다. 언니는 뭐라고 계속 말했지만 알아들을 수가 없었다.

"고릴라 얘기를 하는 거야?"

"응." 언니는 목소리를 가다듬었다. "너한테 고릴라를 보여 주고 싶었다고."

"그래."

나는 더 이상 묻지 않았다. 언니는 동물에 대해 백과사전 같은 지식을 가지고 있다. 동물의 습관, 소리, 자세, 성향, 재주 등을 매일 수채화로 그린다. 최근에는 타조들이 멈춰 서서 '이봐, 사랑해!'라고 말하는 타조 시리즈를 나에게 그려 주었다.

언니는 머리 받침대에 머리를 기대고 눈을 감았다.

"찰스와 서맨사는 평생을 함께한 서부 로랜드 고릴라야. 그런데 서맨사가 뇌졸중을 앓게 됐지. 서맨사가 몸을 추스르는 동안 찰스는 매일 곁에 있었지만 어느 날 서맨사는 또다시 뇌졸중을 일으켜 죽고 말았어. 찰스는 서맨사가 잠들었다고 생각해서 얼굴을 만지며 깨우려고 했고…."

언니가 이해를 구하듯 내 얼굴을 살폈다.

"하지만 서맨사는 이미 세상을 떠났고, 사육사들이 시체를 가지고 갔는데도 찰스는…."

나는 히스테리적인 웃음이 튀어나오는 걸 참지 못했다.

"언니!"

언니와 똑같이 감성 충만한 목소리를 내려다가 실패한 나는 큰 소리로 부르며 언니를 껴안았다.

"찰스는 여전히 서맨사를 마지막으로 본 그 자리에 매일같이 앉아 있다고!" 언니는 울부짖었다.

"아, 언니…!"

"지금도 서맨사를 기다리고 있어!"

주차장은 이제 얕은 호수가 되었고 차는 섬이었다.

"이 이야기는 고릴라에 대한 것만이 아닌 것 같아."

"고릴라에 대한 거야!"

언니는 울었고, 나는 언니의 짙은 머리카락 한 가닥을 귀 뒤로 넘겨 주었다.

"좋아!" 나는 진지함과 열의를 모두 보이려 애쓰며 말했다.

"그럼 고릴라에 대해 이야기하러 가자."

우리는 차에서 겨우 빠져나와 주차장을 가로질러 동물원으로 달려갔다. 가끔 보이는 관리인 말고는 한 사람도 보이지 않았다.

우리는 순수한 기쁨의 눈빛으로 서로를 쳐다본 뒤 출발했다. 폭우 속에서 비명을 지르며 처마 밑으로 질주하면서도 도중에 보이는 비에 젖은 동물들을 예의 주시했다. 젖은 러그처럼 된 들소는 발을 질질 끌며 어슬렁거렸고, 부싯돌을 연상시키는 회색 코뿔소는 피부가 번들번들하고 움직임이 없었다. 치타들은 영리하게 키 큰 나무의 가지 밑에 웅크리고 있었고, 기린들은 잎이 무성한 캐노피 아래에서 이리저리 걸어 다녔다. 낙타 한 마리는 들판 한가운데 침울하게 서 있었다.

우리는 고릴라 우리에서만 잠시 차분해져서 찰스가 땅에 앉아 있는 것을 보았다. 그 거대한 검은 형체는 우아하고 고요했다. 우리는 멈춰 서서 경의를 표했다. 상처받은 것에 연연하지 않고 계속 뛰는 심장에 적지 않은 경외감을 느끼며.

9

더 이상
빛나지
않는다는 것

○

살아갈수록 더 많은 것을 원하고
원하고
또 원하게 된다.
완성된 삶이라는 건 없다.

"달리기 훈련을 해야 할까 봐."

잭에게 어제보다 덜 푹신한 팬케이크를 만들어 주겠다고 비장하게 약속한 엄마는 반죽하던 손을 멈춘다. 꼬마 고든 램 지처럼 팬케이크에서 초콜릿을 하나하나 골라내 살펴보는 잭. 이건 올여름에 우리가 겪고 있는 기막힌 비극이다.

"엄마는 '내 딸이 달리기를 한다고?' 생각하겠지만 나도 달 린 적이 있다고, 가끔은."

나는 씹어 먹는 비타민 한 줌을 입안에 넣으며 말했다.

엄마는 잠시 나를 살핀다.

"그러기에는 네 몸이 많은 일을 겪지 않았니?"

엄마는 필요 이상으로 조심스럽게 말하며 프라이팬으로 눈 길을 돌린다.

부모자식 간에 무관심은 훌륭한 퍼포먼스 중 하나지만 우리 엄마는 전혀 소화하지 못하는 장르다. 엄마는 딸들이 배꼽에 피어싱을 하고 싶어 하거나(브리트니 스피어스, 고마워요!) 어두운 시골길에서 운전하고 싶어 할 때 눈물을 참는 그런 부모다.

"오늘은 뭐 하니?" 내가 10대 때 엄마는 묻곤 했다. "나는 '매춘'이라고 하고 싶은데 요즘 애들은 '성노동'이라고 불러. 그럼 안녕!" 나는 이렇게 외치고 문을 쾅 닫아 버렸다. "좀 심해." 친구들과 함께 집을 떠나면서 나는 눈알을 굴리며 말했다.

처음으로 거울 앞에 서서 배를 집어넣었다가 옆으로 섰다가 하면서 남들이 나를 쳐다보고 관찰하고 평가하는 시선으로 나 자신을 보았을 때, 순간 나는 내가 언제나 그 여성의 아이였다는 점을 잊어버렸다. 수정과 임신과 출산의 기적에 의해 완성된 몸. 청소년기는 분명 자신이 어떤 한 사람의 것이 아니라 모두의 것이라고 믿는 과정이다.

엄마는 실력 좋은 의사에게 감사하면서도 항상 내 외과의들을 도살자로 여긴다. 그들이 내 쇄골 아래에 굵은 선 자국들을 내놓고, 흉골에서 아래로 쭉 배를 갈라놓았다고. 내가 엄마 집 소파에 누워 있을 때 어쩌다 셔츠가 올라가 우글쭈글하게 꿰맨 흉터가 보이자 엄마는 못 견디고 말했다. "괜찮다면…" 엄마는 내가 대답도 하기 전에 몸을 숙여 내 배에 입을 맞췄다. 이것이 바로 착륙 없이 맴돌아야 하는 모성애라는 짐이다.

내가 "아, 이 아이요? 제 몸으로 만든 아이예요. 별일 아니었어요, 1년 중 대부분의 시간이 걸리긴 했지만요."라고 잭을 소개하면 사람들은 웃는다. 가볍게 농담을 하는 사이 나는 잭이 보드라운 배를 내놓고 자는 모습을 바라보며 깊은 모성을 감출 시간을 얻는다. '아, 저것 봐. 내 살에서 나온 살.'

요즘에는 기분이 좀 나아질 법도 한데, 거울에 비친 내 모습을 보면 강렬한 공허함이 느껴진다. 자기혐오도 좌절도 아닌 그냥 공허함. 아마 치료 초기에 의사가 죽는다는 생각에 빨리 익숙해질수록 좋을 거라고 무심코 말한 데서 비롯되었을 수도 있다. 하지만 그 직후 치과 정기 검진을 갔을 때 확실히 이해하게 되었다. 내 치과 의사는 대학을 갓 졸업한 젊고 예쁜 여자였는데, 클립보드에 꽂힌 내 새로운 병력을 검토하다가 멈칫하더니 마스크를 벗었다.

"이해가 잘 안 되네요." 그녀는 상냥한 하이톤 목소리로 말했다. "여기는 왜 오신 거예요?"

나는 내가 뭐라도 된다고 생각했지만 사실 아무것도 아닐 수도 있다.

"난 특별하지 않아." 친구들에게 이런 말을 하려고 하니 말이 더듬거려진다. "아니, 내 말은… 날 사랑해 주는 사람들에게는 특별하지. 고마워. 그냥 내가… 대단히 가치 있다고 생각하지는 않아. 그게 말이 되니?" 내가 이런 말을 하면 사람들이 불편해해서 그만두기로 한다.

'나는 대체 가능한 존재일지도 몰라.' 나는 이 힘든 생각을 끝까지 고수해 왔다. 내가 없는 세상을 위한 계획(내 아들의 새엄마, 내 남편의 덜 까다로운 아내)을 세워야 했을 때, 내가 대체 가능하다는 생각을 점차 하기 쉬워졌다.

나를 제외한 모든 사람은 충분히 현실적으로 보인다. 나는 동료들이 일하러 가고, 뉴스에 대해 대화하고, 아주 합리적인 방식으로 각주에 대해 논의하는 것을 지켜본다. 하지만 한때 타고난 가치가 느껴졌던 곳에는 잡초가 자라고 있다. 도무지 뽑을 수 없는 잡초가.

나는 다양한 종류의 명상, 호흡 운동, 규칙적인 생활, 긍정적 확신을 시도한다. 그래도 공허하다. 살을 빼고 살을 찌운다. 그래도 공허하다. 보디 이미지 전문가에게 건강한 식습관과 자신감을 갖는 방법, 나를 사랑하는 방법에 대해 배운다.

병원과 내 인스타그램 피드 사이 어딘가에서 감정이 슬며시 사라졌다. 이 몸이 내 집이야. 내가 아무리 노력해도 사라진 건 사라진 거다.

* * *

"내 얼굴이 흘러내리는 것 같아?"

나는 첼시에게 진지하게 물었다. 우리는 '광채를 잃을' 가능성에 대해 공공연하게 초조해하고 있었다.

"넌 충분히 광채가 나."

첼시는 인질 협상을 하러 가는 사람처럼 눈을 크게 뜨고 나를 안심시킨다. 광채라는 말은 우리가 나이를 먹고 스스로를 방치하는 결과를 묘사하기 위해 만든 끔찍한 표현이다. 우리는 간혹 사람들이 그냥 시들해질 수 있다는 것을 안다. 어떤 사람들은 알 수 없는 이유로 더 이상 빛나지 않게 된다. 그리고 지금 그들을 보면 그게 내가 아닌가 하는 생각이 든다.

청춘의 광채는 사라져 가고 나는 그 증거를 숨겨야 할지 혼란스럽다. 중년 여성이라는 새로운 이름이 붙은 나를 위해 준비된, 지금까지와는 전혀 다른 광고의 물결이 내가 무엇을 걱정해야 하는지 설명해 준다. 눈언저리의 주름과 벨트 주변에 흐르는 살에는 각각 '까마귀 발'과 '러브 핸들'이라는 이름이

붙는다. 성공적인 제왕절개와 아기의 의기양양한 등장의 잔재인 가늘고 하얀 선들은 6주의 회복 기간이 필요한 복부 성형수술로 없앨 수 있지만 내 팔의 '박쥐 날개'는 열의 넘치는 초보자들이 실내 자전거나 발레 바를 차지하고 있는 스튜디오의 회원권으로 해결할 수 있다. 우리는 새치를 없애기 위해 염색약 번호 체계를 익히고 있지만 중간 관리직을 꿈꾸는 남성들의 모발 이식 수술만큼 비참해 보이는 것은 없다.

우리는 살아남았다는 증거를 미워해야 할까?

유방암으로 한 차례 심한 방사선 치료를 받은 친구가 풍성했던 자신의 갈색 일자 앞머리가 어떻게 되었는지 보여 주며 소름 끼쳐 했던 일이 생각난다. "이 초라한 머리카락들을 좀 봐!" 그녀는 이마에 난 머리카락 몇 가닥을 잡아당기며 말했다. "정말 끔찍해."

하지만 그것들은 끔찍하지 않았고, 그녀의 머리카락이 한때는 좀 더 풍성했다는 사실을 모르는 사람에게는 눈에 띄지도 않았을 것이다. 내가 사랑하는 수많은 사람이 치료를 받는 동안 급격히 변했다. 머리카락과 속눈썹이 빠지는 것도 모자라 들쑥날쑥한 흉터가 생기거나 팔다리를 절단한 경우도 있다. 우리의 손실은 그에 비하면 작고 개인적인 것들이나.

"우리가 지금 청춘을 애도하고 있는 걸까?" 첼시가 물었다.

"난 나이 드는 것을 적으로 여기지 않기 때문에 계속 혼란스러워. 난 정말 나이 들기를 바라고 있거든."

웰니스 산업의 거대한 부분은 시간을 멈추는 것을 목적으로 한다. 주택가에는 보톡스 파티, 크로스핏 멤버십, 노화 방지용 약국 크림, 카렌(미국의 TV 스타 카렌 휴거―옮긴이)의 안면 거상 수술에 관한 소문 등이 가득하다. 상류층은 그들만의 스파 문화, 휴양을 결합한 성형수술, 겨울나기와 여름나기, 극저온 냉동을 통해 미래의 소생을 꿈꾸는 실리콘 밸리 기술 기업가와의 새로운 만남을 즐긴다. 모든 평범한 또는 이국적인 음식의 영양소에 숨겨진 진짜 기적들(발리의 버섯을 먹어 보세요)과 세포 노화를 늦추는 입증된 원리들(하루 30분 투자로 세월을 지우세요)이 있다. 낮이든 밤이든 텔레비전을 켜면 유명 전문가들이 지방을 태우는 운동, 혁명적 루틴 그리고 충격적인 결과에 관한 획기적인 조언을 한다. 불임에서 암, 죽음에 이르기까지 인간의 모든 측면 중 무한한 건강을 파는 지칠 줄 모르는 장사꾼들의 손이 닿지 않는 곳이 없다.

그러나 나는 그들의 터무니없는 약속에 눈알을 굴리면서도 화려하고 매력적인 존재가 될 가능성을 그리워한다.

수년간의 힘든 치료 후 나는 엄마가 만든 것과는 전혀 다른 몸을 갖게 되었다. 하지만 화학요법제 주사실에서 수척해진 몸들이 사랑하는 사람들의 튼튼한 뼈에 의해 지지받는 모습을 유심히 지켜본 나는 다시는 살에 대해 불평할 만큼 피상적이 되지 않겠다고 맹세했다.

이런 외모의 중요성이나 무관함에 대한 혼란은 생존자라는 단어에 대해 궁리해 본 다른 환자들도 공감하는 것이라고 들었다. 우리는 옷을 사거나 머리 미는 것을 그만두었고, 작은 호사를 부리거나 흉터 크림처럼 별것 아닌 물건을 사는 것을 포기했을 수도 있다. "무슨 소용인데?" 우리는 고개를 저으며 말한다. 그런 환상들은 수술대 위에 남겨졌다. 그렇게 열심히 살아남고 요구하는 건 별로 없는 몸을 누가 탓할 수 있을까?

* * *

성형외과 레지던트 데릭은 치아가 보이지 않게 미소를 짓는다. 그는 나를 쳐다볼 때마다 뒤로 넘긴 매끈한 긴 머리를 자꾸만 손으로 쓸어 넘긴다. 간호사는 이미 기계를 살피듯 내 몸의 부품들, 즉 혈압(낮음)과 체중(정상 범위 내), 체온(정상) 등이 잘 작동하는지 확인하고 있다. 주무시는 거예요? 얼마나 아프세요? 나는 측정되고 또다시 측정된다.

데릭은 내가 받은 수술들을 순서대로 말해 보라고 하지만 앞이 열린 가운을 입고 거의 벌거벗은 채 서 있는 데다 캐나다식 잡담이라는 난치병에 시달리고 있어서 생각이 잘 안 난다. 이 남자는 어쩌다가 성형외과 의사가 되었을까? 어젯밤에 방영한 리얼리티쇼 〈배첼러〉The Bachelor를 봤을까? 저런 아들을 둔 엄마는 참 뿌듯할 거야.

그는 내 앞에 웅크린 채 클립보드에 적힌 내 수술 목록과 그의 눈에서 몇 센티미터밖에 떨어져 있지 않은 각각의 흉터를 짝지어 본다. '내가 이렇게 거의 벌거벗고 있어야 하는 대단한 이유라도 있나?' 나는 인간 진열장이 된 기분이다.

드디어 그가 일어선다.

"이 정도의 병력이 있는 분이면 더 나빠지지 않은 것에 대해 감사할 수도 있을 것 같네요."

"제 몸을 보면 '야, 이거 더 나빠질 수도 있었어'라는 생각이 드나 보군요."

내가 그의 말을 바꿔 되받자 데릭이 굳은 미소를 짓는다.

"수술 횟수를 감안할 때, 당신은 정말 운이 좋은 상황이라고 생각해야 합니다."

"데릭!" 그가 이름을 불러도 좋다고 한 적이 없음을 알고 있는데도 나는 그의 이름을 부르며 입을 열었다. "데릭, 우리 둘 다 30대예요. 다만, 나는 4기 암을 안고 살아가고 있죠. 그런데도 당신은 내가 감사하다고 말하기를 바라는 것 같군요."

"감사할 필요까지는 없지만 심한 불구 상태가 된 분들도 있다는 걸 아셔야 한다는 겁니다."

"불구가 되지는 않았죠." 나는 동의한다. "정말 감격스럽네요. 제 얼굴을 보면 얼마나 감격했는지 아실 거예요."

데릭은 마치 수술용 스테이플러로 만든 점자처럼 박힌 내 배의 긴 흉터를 손가락으로 만져 본다.

"제가 그것들을 파내도록 도왔어요." 나는 있는 그대로 이야기했다.

노크 소리가 들리더니 흰 가운을 입은 두 사람이 들어온다. 거의 벌거벗은 환자에게 아주 능숙하게 자신을 소개하고 번갈아 악수까지 하다니, 정말 대단하다.

"데릭은 제가 죽지 않고 불구가 되지 않았다는 그 모든 사실에 대해 만족해야 한다고 말하고 있어요." 나는 예쁜 자동차 모델처럼 내 몸통을 향해 손짓하며 거창하게 말했다.

담당 의사는 몸을 숙여 자세히 들여다보며 꼬집고 눌러 보다가, 고개를 갸웃거리며 뒤로 물러서서 평가하듯 바라본다.

"수술을 통해 여기 이것의 상태를 극적으로 바꿀 수 있습니다." 그가 손짓한다. "그리고 여기 이것의 모양도요." 그가 가리킨다. "긴 상처가 하나 더 생길 수도 있지만 솔직히 말해서 지금보다 훨씬 더 좋아 보일 겁니다."

그는 내게 손가락을 흔들어 보이며 말했다.

"하지만 제가 모든 환자분께 말하듯이 이 수술을 받는 건 새 차와 스키 휴가 중 하나를 선택하는 것과 같아요. 제가 어떤 것을 드릴 수는 있지만 모든 걸 다 드릴 수는 없죠."

"모든 걸 다 요구하는 것도 아니고, 아무런 요구가 없는 것도 아니에요." 나는 데릭을 힐끗 쳐다보았다. "그저 저를 거의 죽일 뻔했다는 증거들이 이렇게 많지 않다면 제 몸이 더 편안해질지 알고 싶을 뿐이죠."

그때 문득 두 가지 생각이 떠올랐다. 유방 확대 상담을 원하는 여성들로 대기실이 만원이라는 것과 내가 지금 성형외과 의사들 앞에서 외모의 중요성에 대해 논하고 있다는 것. 병원을 나서는 길에 나는 세라 베시에게 전화를 걸었다. 세라는 교통사고로 만성 통증에 시달리게 된 터라, 노력하고 실패하면서도 여전히 저녁 준비를 해야 하는 몸의 희생을 이해하는 그런 친구였다.

"작동하는 몸이 있어서 행복하다고 말하고 싶어." 나는 무안해하며 말했다. "난 정말 행복해. 감사하기도 하고. 하지만 어떻게 하면 잘 작동하는 하수도 같은 기분이 덜 들고, 다시 쾌활한 기분을 더 많이 느낄 수 있을지 알기 위해 노력하는 중이야."

"맞아! 몸은 고기 자루가 아냐. 기억이고, 오르가슴이고, 포옹이고, 여름날의 수영이지." 세라는 멈칫하며 말을 이었다. "살아남기 위해 열심히 일하는데 오히려 덜 인간적으로 느껴지다니, 너무 이상해."

우리는 잠시 그에 대해 생각해 본다. 모든 면에서 영혼이 육체를 넘어서야 한다고 주장하는 종교적 전통이 많다. 이에 관해 기독교에서는 4세기에 등장한 영지주의(영적 지식이 구원에 이르는 길이라고 주장하는 신비주의 기독교 사상 및 체계−옮긴이)를 이단으로 배척했지만 그게 좋을 수도 있지 않을까?

"있잖아, 세라! 죽음은 육신 없이 영혼으로만 남고 싶을 때 좋을 거야. 때때로 육체의 무게가 너를 아래로 끌어당기기도 하잖아. 널 익사시키는 돌덩이를 사랑하기란 어려운 일이지."

* * *

　내가 마지막으로 온전하다고 느꼈을 때를 떠올려 보니, 전혀 말이 안 된다. 의사들은 내 쓸모없는 장기들에서 암을 적출하고 조직을 갈기갈기 잘랐다. 내가 서명할 서류들이 작성되어 있었기에 나는 확률을 알고 있었다. 매일매일 알곡과 쭉정이를 분리하는 끔찍한 키질이 계속되었지만 나는 초현실적인 완전함을 느꼈다. 병원에서 느낀 하나님과의 묘한 친밀감, 마른 풀처럼 느껴지지 않던 기분을 분명히 기억한다. 나는 점점 줄어들고 있었지만 아무것도 아닌 존재로 전락하지는 않았다.

　하나님의 사랑은 어디에나 있고, 모든 것에 달라붙어 있었다. 내 등을 쓰다듬으며 나를 진정시키는 남편의 손에도, 내 발밑의 가벼움에도 잭의 벨벳 같은 귀 전체에도 사랑은 있었다. 나는 친구들에게 이 감정을 묘사하려다 당황해서 얼굴을 붉혔고, 사랑의 갑작스러운 등장(전에는 없었던가?) 그리고 사랑 자체가 나 자신의 생각보다 더 진실되게 느껴진다는 것을 설명하느라 버벅댔다. 절망은 결코 멀리 있지 않았지만 어찌된 일인지 우주의 솔기들이 풀리며 모든 눈부시고 들쭉날쭉한 가장자리가 드러나고 있었다.

그 덕분에 나는 이 삶이라는 실험의 진실에 그 어느 때보다 더 가까이 다가갈 수 있었고, 삶의 공포와 아름다움이 얼마나 눈부시게 느껴지는지 알았다.

나중에 걸을 수 있게 되었을 때, 나는 친구 로라와 함께 노스캐롤라이나의 어느 숲을 걸으며 내가 비록 망가지기는 했지만 미완성은 아니라는 내용의 긴 이야기를 들려주었다.

"그럼 제발 깽판 좀 치지 마, 케이트."

로라의 현명한 말에 나는 미친 듯이 웃었다. 로라는 치료사이자 내가 아는 가장 지혜로운 기독교인 중 한 명이기 때문에, 적절한 순간에 쓰는 비속어가 세상의 그 어떤 영감보다 낫다는 것을 잘 알고 있다.

"넌 하나님의 강력하고 형언할 수 없는 사랑을 느꼈어. 그건 온전함이자 아름다움, 그리고 거룩함이지만… 그렇다고 그게 디즈니 월드는 아니야."

나는 너무 웃느라 잠시 멈춰 서서 나무에 몸을 기대야 했다.

"디즈니 월드가 내가 모르는 복부 수술을 하지 않는 한은 말이지."

"죽음과 마주하기 시작하면서 그런 경험을 하게 된 거지?"

"응! 맞아, 삶이 마법처럼 느껴지더라."

이런 초월의 순간들은 빵가루처럼 사방에 흩어져 있었다.

"그런 마법 같은 경험들… 그게 우리 삶의 진실이지. 그런데 혼동해서는 안 돼! 삶은 풍요롭고 진정해질 수 있어. 하지만 사람들은 네가 그 순간들 덕분에 네 삶이 완성된다고 말해 주기를 바랄 거야. 모든 게 마무리된 느낌이야, 케이트?"

"아니!" 머릿속이 빙빙 돌았다. "아이를 키우고 싶고, 프랑스어를 다시 배우고 싶고, 동화책을 쓰고 싶고, 정말 진심으로 디즈니 월드로 돌아가고 싶어 하는 게 잘못이야?"

나는 미국의 디즈니 월드 광고를 처음 본 후 평생 그 지구상에서 가장 행복한 곳에 가고 싶다고 요청했고, 그 후로는 여름마다 에어컨 없는 닷선의 뒷좌석에 앉아 서스캐처원주의 무스조로 떠나는 여행이 뭔가 아쉽다는 생각에서 벗어나지 못했다. 사실 디즈니 월드를 입에 올리기만 해도 아빠가 "입 다물어! 아직 난 너희를 그런 데 데려갈 생각 없다!"라고 소리치는 것이 집안의 전통이 되었다. 이런 일은 내가 스물여섯 살이 될 때까지 계속되었고, 결국 나는 박사학위 논문 심사를 마친 뒤 스스로 그곳에 갔다. 그리고 부모님께 청구서와 함께 쪽지를 보냈다.

"여기요, 두 분이 저를 데려가신 거예요. 정말 즐거웠어요."

아이러니한 이유로 그곳에 갔다고 보고하고 싶었지만 냉정한 진실은 그 모든 경험이 너무 경이로워서 보는 순간 눈물이 쏟아졌다는 것이다.

"여기 주차장이야."

토번이 말했고, 그의 걱정도 충분히 이해가 갔다.

어째서 단 몇 분이 어떤 순간으로 변해 시간 밖에서 맴도는지 내게는 미스터리다. 그리고 그것들이 어떻게 오락가락하며 경이로움과 더 많은 것에 대한 갈망을 불러일으키는지도. 모든 욕구를 초월하는 하나님의 사랑을 알면서도 살아갈수록 더 많은 것을 원하고, 원하고, 또 원하게 된다.

"완성된 삶이라는 건 없어, 케이트." 마침내 로라가 말했다. "결국 우리는 하나님과 함께 영원을 누리게 돼. 하지만 그때까지는, 정말 운이 좋다면 플로리다 중부 여행처럼 느껴질 수도 있는, 그런 시시한 일상이 있을 뿐이야."

나는 암 치료 첫해를 떠올렸다. 수요일마다 공항에서 승객들이 껴안고 울고 파리행 직항을 타려고 뛰어가는 동안 나는 에스컬레이터 아래에서 집으로 가는 비행기를 기다렸다. 그 순간들에 나는 굶주려 있었다. 시선 닿는 곳마다 끝이 없고 아름다운 가능성들이 보였다.

그러던 어느 날 밤, 나는 플로리다 올랜도행 직항편 옆에서 탑승을 기다리고 있었다. 그것은 월트 디즈니 월드 리조트로 가는 항공 고속도로 노선이라 미키 마우스 귀들이 터미널 여기저기에 돌아다녔다. 하지만 밤이 깊어서 게이트에는 어수선한 상태의 가족이 많이 보였다. 한 젊은 엄마는 사람들이 다 보는 데서 기저귀를 갈고, 10대들은 멍하니 화면만 들여다보았으며, 초등학생들은 이미 제정신이 아니었다. 잘 시간이 지난 아이들은 상태가 이상해졌고 부모들은 냉정을 잃기 시작했다.

한쪽 구석에서 미키 마우스 귀를 쓴 한 성인 남자가 팔짱을 낀 채 아내와 빠르고 열띤 대화를 주고받았다. 그들의 두 아들은 형제답게 서로 교묘하게 화를 돋우고, 밀치고, 웃음과 야유 소리를 동시에 내고 있었다. 하지만 그들은 아버지가 휙 돌아서서 미키 마우스 귀를 벗어 바닥에 집어 던지는 폭발의 순간에 대비하지 못했다. "이건 일생일대의 경험이야!" 그는 화가 나서 얼굴을 붉히며 소리쳤다. "그리고 우리는 가족의 추억을 만들 거라고, 젠장!"

나는 배가 아프고 눈물이 나도록 웃었다. 누가 이보다 더 많은 것을 원할 수 있을까?

* * *

마흔 번째 생일을 앞두고 나는 준비가 되었다. 오래된 버킷 리스트를 꺼내 이번 시즌에는 다른 사람들의 꿈을 이루어 주리라 결심했다. 중간에 몇 번 우회해 내 꿈도 이룰 생각이다. 잭에게 조부모님이 태어난 곳을 보여 주기 위해 부모님과 함께 네덜란드로 여행을 갈 계획이다. 세계에서 가장 큰 실뭉치를 보러 텍사스 밸리뷰에도 갈 것이다. 고등학교 동창회를 열기 위해 술집을 예약하고, 결장암 연구 기금 마련을 위한 5킬로미터 경주에서 '위브갓더런스'we've got the runs ('달린다'와 '설사'라는 의미를 동시에 지닌 유머러스한 말장난—옮긴이)라고 적힌 티셔츠를 입고 달릴 팀도 모집할 계획이다.

생일 며칠 전 마당에 앉아 있을 때 '케이트 낙오 방지법'의 여러 케이트 중 한 명의 문자를 받았다. 나에게 "죽음은 어떤 의미인가요?"라고 물었던 그 유명한 의사가 이끈 임상 시험 결과의 보도자료다. 내 주치의를 포함해 내가 연락했던 대부분의 의사는 이 대규모 임상 시험이 참여자들의 결과로부터 알아낸 내용을 발표하기를 초조하게 기다리고 있었다. 나는 첫 페이지를 읽었다.

우리 대부분은 죽었다.

10

숨 쉬는 한
희망은 있다

○

우리는 돌아갈 수 없는 과거와
불확실한 미래 사이에 갇혀 있다.
기대와 현실 사이,
그 힘든 공간에서 살아가려면
배짱이 필요하다.

진실은 거기에 있다. 우리 중 일부는 면역 요법제에 반응해 살았지만 다른 많은 사람은 반응 없이 죽었다. 또 다른 사람들은 대조군에 배정되어 면역요법을 받지 못한 채 암이 걷잡을 수 없이 퍼져 죽어 갔다. 마치 자유낙하하는 기분이다. 이 상황에 대해 카트라이트 박사가 농담을 하지 않았던가? 실험용 쥐라고. 우리는 그런 존재일까?

나는 사무실에 틀어박혀 노트북을 꺼내 놓고 눈물을 흘리며 열심히 키보드를 두드리기 시작했다. 잠겨 있는 것처럼 보였던 사실의 열쇠를 몇 년간 요청한 끝에 마침내 건네받은 느낌이다. 이 시험의 세부 사항을 파헤치다 보니 정부의 데이터베이스까지 도달하게 되었고, 곧 몇 날 며칠의 조사가 순식간에 이루어졌다. 항상 과학에 대해 주눅이 들어 있던 나지만 이제는 역사학자로서 받은 훈련만으로도 논거를 세울 수 있다는 것을 안다. 그들에게 무슨 일이 일어났는지, 나에게 무슨 일이 일어나고 있는지.

나처럼 유전자 프로필이 면역요법에 더 잘 반응할 가능성이 큰 환자들을 대상으로 한 임상 시험은 전 세계적으로 100건 정도 진행되고 있다. 과학자들은 이로부터 알게 된 지식으로 더 많은 사람을 치료하게 되기를 바라며, 우리의 치료에 관여하는 유전자 암호를 해독하는 데 집중한다. 이것이 바로 매년 수백만 명의 생명을 구하고 수십억 달러의 수익을 올릴 현대식 우주 경쟁(모든 암에 대한 치료법)이다. 면역요법제에 대한 정부의 판매 허가를 받으려면 우선 사람들을 대상으로 테스트를 해야 하는데, 거기에는 천문학적인 비용이 든다. 그래서 이를 감당할 수 없는 병원들은 수십억 달러 규모의 제약 회사들과 파트너십을 맺기도 한다.

임상 시험 연구, 심리학, 윤리학 분야의 전문가들에게 전화를 걸면 그들은 '임상 시험은 전통적인 의료 서비스를 제공하지 않는다'고 설명한다. 일반적인 암 환자의 경우 종양학과, 방사선과, 외과 팀이 환자의 직접적인 이익을 위해 설계된 치료 계획을 결정하게 된다.

"기분이 어떠세요? 스캔 결과를 보고 앞으로 어떻게 해야 할지 알아봅시다."

임상 시험 참여자에게는 선택의 여지가 거의 없을뿐더러 연구의 이익을 위해 추가적인 위험에 노출될 수도 있다. 나는 내 치료가 가혹하고 고통스럽고 치명적일 수 있다는 것을 항상 알고 있었지만 나는 환자가 아니며 의사도 없다는 사실을 전혀 깨닫지 못했다. 나는 과학자에게 배정된 '연구 참여자' 였다.

나는 줄곧 어떻게 살아야 하는지에 대한 공식을 원했고, 암 치료는 가장 명확한 공식을 제공했다. 규칙을 따르세요. 일정을 지키세요. 전문가를 믿으세요. 웃으세요! 당신은 운이 좋은 겁니다. 그래서 나는 감사한 마음으로 등록했다. 더 이상 걷기 힘들 때에도 감사했고, 머리카락이 자라지 않고 종이에 베인 상처에서 며칠씩 피가 나도 감사했다.

'잘했어, 착하고 성실한 환자. 감사한 일이었지.'

나는 내가 수집한 산더미 같은 데이터를 바라보고 있다. 각 그래프의 기울기, 행과 열로 깔끔하게 정리된 합계들로 각 인간의 삶을 정량화해 놓은 것을. 거기에 잃어버린 것의 방대함을 표현할 숫자들을 추가할 만한 곳은 보이지 않는다. 내 희망은 단순했다. 아들을 위해 살아남고 싶다는 것. 손주들과 좀 더 시간을 보내거나 친구와 함께 한 번 더 여행을 떠나고 싶었던 사람은 몇이나 될까? 자신이 결국 쉽게 버려지는 존재라고 생각하게 된 사람들은 몇이나 될까? 거기에는 우리가 한 일, 또는 우리에게 가해진 일에 대한 계산은 전혀 없다.

* * *

내가 마흔 살이 된 때에 딱 맞춰 상상도 못 했던 일이 모두에게 동시에 일어났다. 전 세계가 치명적인 질병에 휩싸였고, 우리 모두 피난처를 찾아야 했으며, 우리가 상상했던 삶은 공중에 떠 있었다. 그 와중에 임상 시험 데이터를 전부 훑어보고 나니, 아무 이유 없는 고통도 있다는 느낌을 견뎌 내는 것 말고는 할 수 있는 게 없었다. 인생은 선택의 연속이 아니라는 게 그 어느 때보다 더 분명해졌다. 우리가 선택하지 않은 경험들이 우리를 정의하게 되는 경우가 많다. 암, 배신, 유산, 실직, 정신 질환, 신종 코로나 바이러스….

네덜란드로 가는 모든 항공편이 취소되었다. 고등학교 동창회는 서로 얼굴을 맞대고 웃으며 식탁에서 타코를 나눠 먹을 수 있는 내년으로 미뤄야 한다. 한 달 한 달이 더디게 지나간다. 측정 가능한 거의 모든 측면에서 우리 가족은 코로나

19 도래 이후 상황이 더 안 좋아지고 있다. 우리는 캐나다에 있는 가족들과 떨어져 다른 나라에 갇혀 있고, 나는 그사이에 여동생이 낳은 내 조카딸을 안아 볼 수도 없다. 면역력이 약한 나는 식료품점에도 못 가고 친구들과 야외 테라스에서 시간을 보낼 수도 없다.

이런 현실들이 하나씩 일어났다면 감당할 수 있었을지도 모른다. 세상이 갑자기 작아지고 시간이 짧아지는 것 같은 느낌은 익숙하다. 유랑하거나 휴식을 취하고, 짝을 찾거나 새 출발을 하기 위해 이 몇 달이 필요했던 사람들, 아무 제한 없이 모든 즐거운 순간에 인사하고 작별할 기회가 필요했던 사람들을 생각하면 마음이 무겁다. 대신 나는 난자 냉동과 접촉 없는 삶, 쉴 새 없는 홈스쿨링과 검진받지 못하는 걱정스러운 증상들에 관한 새로운 소식들을 듣는다. 장례식은 줌$_{Zoom}$으로 조용히 진행되고, 결혼식은 무기한 보류된다. 내게는 그들의 말 못 할 두려움이 보인다.

'우리가 소중한 날들을 낭비하고 있는 걸까?'

처음에는 미국의 중산층이 집단적으로 결의를 다지는 것처럼 보였다. 곳곳에서 희망의 빛이 보였다. 출근을 하지 않게 되면서 절약된 모든 시간은 확실히 가족과의 저녁 식사나

오랫동안 미뤄 온 밤 데이트로 이어졌다. 사워도우 스타터와 교외의 닭장, 텃밭이 소셜 미디어 전반에 등장하며 현대식 자급자족의 놀라운 이점을 보여 주었다. 카르페 디엠! 펠로톤 자전거를 샀군요! 차고에서 아령 운동으로 수영복이 잘 어울리는 몸매 만들기를 비롯한 버킷리스트를 만드세요. 받은 축복을 세어 보세요. 현재에 더 집중하세요. 가족과 더 많은 시간을 함께 보내기를 항상 원하지 않았나요?

꼼짝 못 하게 하는 이 역병의 한가운데에서 이런 약간의 자율성은 아주 매력적이다. 그러나 우리가 아무리 신중하게 하루를 계획하고, 감정을 다스리고, 매 순간 더 나은 자아로부터 최선의 삶을 끌어내려고 노력해도 유한성의 문제는 해결할 수가 없다. 우리는 항상 더 많은 것을 원하고 필요로 할 것이다. 돌봄과 중독, 만성 통증과 불확실한 진단, 학습 장애, 정신 질환이나 학대적인 관계로 힘들어하는 청소년과 아동이라는 짐을 짊어지고 있다. 한 할머니는 몇 달째 방문객도 없이 보호소에 머물고 있고, 한 친구의 사업장은 문을 닫았다. 의사, 간호사, 일선 노동자들은 제방 역할을 하며 질병이 밀려올 때마다 맞서 싸운다.

지금 교회나 병원에서 목사로 봉사하고 있는 내 옛 제자들은 병원에서 방호복을 입고 병자성사(죽음에 임박한 신자가 받는 성사—옮긴이)를 집전한다. 그들은 그 남성의 손을 잡아 주고 그 여성의 머리를 쓰다듬어 주는 마지막 사람이 되겠다고 자원한다.

팬데믹의 진실은 곧 모든 고통의 진실이다. 바로 불공평하게 분배된다는 것. 가장 큰 타격을 입는 사람은 누구인가? 노숙자와 죄수들, 노인과 아이들, 병든 사람들과 보험 혜택을 받지 못하는 사람들, 이민자들과 사회 복지 서비스가 필요한 사람들, 유색인종과 LGBTQ(레즈비언, 게이, 양성애자, 트랜스젠더, 퀴어를 합쳐 부르는 말로, 성 소수자를 일컫는다.—옮긴이)들. 차별, 폭력, 약탈적 대출, 불법 퇴거, 의료 착취 같은 일상적 해악의 부담이 무거운 돌덩이처럼 취약계층을 짓누른다. 우리 모두는 무엇이든 할 수 있다는 부푼 기대에 사로잡힌 채 우리의 몸, 헌신, 야망과 자원에 가해지는 제약에 맞서 투쟁한다. 이것이 미국에서 볼 수 있는 고통의 묘한 잔인함, 여전히 모든 것이 가능하다는 고집이다.

'하나님, 제가 명확히 볼 수 있도록 해주소서.'

나는 이 세상을 있는 그대로 받아들이거나 아니면 진실에 부딪쳐 그것을 깨뜨려야 한다. 내 삶이, 그리고 다른 모두의 삶이 종이 벽에 불과하다는 진실 말이다.

* * *

몇 년 전, 나는 스캔 예약 사이의 시간을 이용해 가족과 함께 세계 7대 자연경관 중 하나인 그랜드 캐니언을 보기 위해 순례 여행을 하기로 결심했다. 버킷리스트 항목으로 제격인 일이었다. 66번 국도를 벗어나자 폰데로사 소나무로 둘러싸인 작은 예배당이 보였다. 수 킬로미터를 달려오는 동안 마을은 없었는데 호기심에 문을 열어 보니 열려 있었다. 나는 망설이며 안으로 들어갔다.

안은 난방도 되지 않고 멋이라고는 찾아볼 수 없는 작은 성소였다. 바닥에는 자갈이 성글게 깔려 있고, 제단 역할을 하는 돌덩어리와 마주 보도록 못을 박아 설치한 벤치 몇 개가 놓여 있었다. 그러나 창문으로 쏟아져 들어온 석양빛, 그 눈부시게 밝은 주황빛이 비춘 벽에는 얼마 되지 않았거나 빛바랜 낙서들이 가득했다.

나는 제단에 칠해진 검은 잉크와 부드러운 나무 벽에 파인 펜 자국을 손가락으로 쓸어 보았다. 거의 모든 부분이 글씨들로 뒤덮여 있었다.

매일 네가 보고 싶어.

제 딸이 예전 모습으로 돌아오게 해주세요.

여보, 하늘나라에 잘 갔어요?

헬렌, 나는 나약해. 당신은 이미 알고 있었겠지만.

고개를 들어 보니 수백 장의 종잇조각이 벽 구석구석의 틈새에 박혀 있었다. 우주의 틈에 빠져 아주 작은 비극으로 무너진 사람들. 우리는 우리의 한계와 불운을 뛰어넘으려고 애쓰지만 이렇게 심연을 향해 진실을 외치고 있을 뿐이다. 인간이기에 어쩔 수 없는 것이다. 누군가 빈 공간에 기념비를 세웠고 그것은 넘치도록 가득 차 있다.

그때 뒤에서 문이 삐걱대는 소리가 들리더니 토번의 얼굴이 빼꼼히 보였다.

"계세요?" 그는 주저하며 말했다.

"아, 여기!" 나는 의자 위로 고개를 내밀었다. 벤치에 등을 대고 누워서 천장에 적힌 글들을 올려다보고 있던 중이었다.

토번은 내 옆에 앉아 부드럽게 내 머리에 손을 올렸다. 그는 고개를 들어 천장을 바라보았고, 우리는 둘 다 말이 없었다.

"우리만 그런 줄 알았는데…"

"나도."

우리는 이렇게 아무런 보장도 공식도 없이 계속 살아갈 수 있는 비결을 간절히 구하며 살아간다.

"내가 뭘 좀 추가해도 뭐라고 할 사람은 없겠지?"

내가 급하게 묻자 토번은 한쪽 눈썹을 치켜올리며 우리 주위의 정신없는 낙서를 향해 손짓했다.

"그럼 잠시 혼자만의 시간을 좀 가질게요, 선생님."

미소를 지으며 대답한 나는 공책 한쪽을 찢고 펜을 꺼냈다. 나는 어떤 글귀를 적은 뒤 벤치에서 일어나 그 종잇조각을 내 손이 닿는 가장 높은 곳의 벽에 찔러 넣었다.

"뭐라고 썼어?" 다시 트럭에 올라탔을 때 토번이 물었다.

"부스 선생님이 자주 하셨던 말이야."

나는 칠판 앞에 서 있던 선생님의 모습을 떠올리는 게 좋다. 좋은 선생님이라면 전부 감염되는 병, 즉 인류에 대한 지나친 믿음에 공공연히 시달린 나머지 우리에게 고급 수학 문제를 풀라고 부추기던 그 모습을.

둠 스피로 스페로!Dum spiro sper! 선생님은 고개를 저으며 말하곤 했다.

숨 쉬는 한 희망은 있다.

아빠의 대실패는 40년 동안 서류 캐비닛에 방치되어 있었다. 그것은 케임브리지대학교 출판부의 편집자들이 보낸 편지로, 아빠의 박사학위 논문 원고가 기한을 너무 많이 초과해서 더 이상 환영받지 못한다는 것을 아낌없는 빈정거림과 함께 알리는 단 한 단락의 글이었다. 그 제출물은 아빠의 첫 번째 책이자, 10년에 걸친 고된 연구의 결실이자, 힘겨운 겸업으로부터 탈출할 사다리가 될 예정이었다. 하지만 책이 언제 완성될지는 미지수였고, 우울한 마음은 그것이 중요한지조차 확신하지 못했다.

아빠는 실패의 소식을 참담하게 받아들이면서도 확인을 받아서 오히려 안도한 듯했다. 그리고 그 편지와 함께 서재에 틀어박혔고, 그곳에서 그 편지는 방사능 물질처럼 계속 봉해져 있었다.

"요즘 들어 생각을 해봤는데 말이다."

어느 날 컴퓨터 화면 속의 아빠가 생각에 잠긴 채 말했다. 아빠는 서재에서 인상적인 역사적 인물들의 보블헤드(머리가 흔들리는 작은 인형―옮긴이) 컬렉션과 늘어놓은 종이 더미들에 둘러싸인 채 앉아 있었다.

"내 미발표 논문이 아직도 학술 서적들에서 언급되고 있는 걸 보고 여기저기 좀 뒤져 봤어. 그런데… 하, 이것 봐라. 16세기 저항권 이론의 역사에는 발전이 거의 없었더구나."

"음, 옥스퍼드대학교 출판부에 연락해 보시는 건 어때요? 아빠는 세상에서 가장 멋진 책을 들고 의기양양하게 협회로 돌아오게 될걸요! 원고를 다른 교수 몇 명에게 보내 동료 심사를 받긴 해야겠지만 그것 말고는…."

"동료들이라고, 케이트?" 아빠는 그 말을 하는 것을 즐기듯 윙백 체어에 앉은 채 극적으로 빙글 돌았다. "나한테 동료가 있다고 생각하니?"

나는 웃음을 터뜨렸다.

"좋아요, 무슨 말인지 알겠어요. 아마 이제는…."

"그래." 아빠는 고개를 끄덕였다. "드디어 끝낼 때가 된 거지."

나는 크리스마스에 아빠 책의 사인본을 받았다. 아빠는 직접 작은 출판사를 차려 책을 출판했고, 책 표지는 언니가 그린 멋진 수채화로 장식되었다.

"일흔에 논문을 발표하셨어요." 나는 감탄스럽게 책장을 넘기며 아빠에게 전화를 걸었다. "아, 여기 보니 다른 학자들을 '학계의 지칠 줄 모르는 드론들'로 표현하셨네요."

아빠는 껄껄 웃었다.

"완벽함이 아니라 진보를 약속하마."

이런 것들은 정말 사소한 결정이다. 하지만 다 그렇지 않나? 다시 시도하기. 다시 일어서기. 새로운 사람을 신뢰하기. 유한한 날들 속에서 아낌없이 사랑하기.

언젠가는 희망이 필요 없는 날이 올 것이다. 용기가 필요 없는 날이 올 것이다. 시간 자체가 리본으로 묶이고, 하나님은 우리 모두를 고통도, 질병도, 이메일도 없는 영원한 순간으로 이끄실 것이다.

그때까지 우리는 아름답고도 끔찍한 유한함에 갇혀 있다. 우리의 험담과 사소한 다툼, 자기혐오와 음성 메시지 확인 거부. 우리는 이혼을 하고, 시간을 낭비하고, 스스로의 마음을 아프게 한다. 우리는 웃음, 반려동물, 오랜 친구들과의 긴 대화 같은 가장 부드러운 물질들로 대강 꿰맞춰져 있다. 하나님의 무절제한 사랑과 우리가 속할 곳을 제공해 주는 공동체들로. 그리고 우리는 특별히 화려한 것은 없지만, 엄청 관대해지는 순간들이 있으며, 다음 날이면 그것을 잊어버리곤 한다.

그렇다면 우리가 실패하지 않는 것이 얼마나 다행인가? 우리의 삶은 해결해야 할 문제가 아니다. 우리는 의미와 아름다움과 사랑을 가질 수 있지만 해결에 가까운 것은 아무것도 없다.

그것을 상상할 때마다 설교를 하려고 서 있는 내 친구 리처드의 새하얀 예복이 빨랫줄에 걸린 빨래처럼 바람에 부풀어 오르던 모습이 생각난다. 밤의 한기가 공중에 맴도는 가운데 우리는 잔디 위에 놓인 접이식 의자에 줄지어 앉아 있었다. 동이 틀 때 시작되는 새벽 예배에 참석하기 위해서였다.

"예수 그리스도는 부활하셨습니다."

어떤 목소리가 들렸고 우리는 아무 생각 없이 대답했다.

"그분은 참으로 부활하셨습니다."

리처드는 나를 보고 웃었고 나는 예의 없이 사람들 사이에서 손을 흔들었다. 언젠가 우리는 그 예의라는 것을 잃어버렸다. 교수들이 이끄는 레너드 코언(캐나다의 가수 겸 시인—옮긴이) 커버 밴드에서 함께 활동하던 시기였을 수도 있고, 우리 둘이 연달아 암 진단을 받았을 때는 물론 그랬다. 리처드는 훌륭한 학업 경력을 마무리하고 있었고 나는 이제 막 시작했을 때였는데, 그렇게 우리의 산책이 시작되었다. 우리는 병원 주변과 정원을 산책했다. 그리고 걸으면서 기본적인 것들을 되짚어 보았다. 처음에 영생을 얻으리라고 계획했던 것, 영생의 약속이 우리에게 얼마나 희망을 주는지 그리고 우리의 멋진 머리카락을 유지할 수 있어서 얼마나 안심이 되는지에 대해.

하지만 문제는 항상 지금을 어떻게 사느냐 하는 것이었다. 예수님께서 과거에 행하신 일, 즉 우리를 사랑하고, 구원하고, 미래를 허락하신 일들이 우리 뒤와 앞에 있다. 우리는 구원받았고 앞으로도 구원받을 것이다. 그러나 현재 우리는 미숙한 어린 신자도 부활한 몸도 아니다. 우리는 울퉁불퉁한 중간이나 축 처진 끝에 있다.

리처드의 또렷한 목소리가 잔디밭에 울려 퍼졌다.

"당신의 부활로 죽은 자를 일으켜 살리시고 우리를 죽음에서 생명으로 이끌어 주셨습니다."

잭의 어깨에 팔을 두른 나는 그 작은 체구를 내 코트 안으로 더 깊숙이 끌어당기며 리처드를 볼 때마다 느끼는 것과 같은 어이없는 경이로움에 휩싸였다. 리처드는 부활의 예고편이다. 그는 방대한 양의 책들을 완성하고, 손주들과 놀아 주고, 심지어 직접 만든 음악을 녹음하기 위해 살았다. 놀라운 인생 3막이다.

시간은 정말 둥근 고리와 같다는 것을 이제야 알 것 같다.

우리는 돌아갈 수 없는 과거와 불확실한 미래 사이에 갇혀 있다. 그리고 기대와 현실 사이, 그 힘든 공간에서 살아가려면 배짱이 필요하다. 우리는 다시는 새로울 것이 없을 거라고 믿지만 보라! 또 다른 레너드 코언의 노래가 불려지고 있지 않은가. 할렐루야!

설교 준비가 다 됐다. 그러나 리처드는 입을 뗌과 동시에 잠시 숨을 멈추고 눈을 돌려 나무들의 윤곽을 따라 빛이 반짝이는 것을 보았다. 다시 떠오르는 해를 보고 놀란 듯 그의 입술은 씁쓸한 놀라움의 표정으로 일그러졌다.

* * *

팬데믹이 끝나면 포르투갈의 중심부에 있는 성당에 다시 가보고 싶다. 나는 우리 부모님이 많은 학습 없이도 학생들을 가르칠 수 있는 '바다 위 학교'Semester at Sea라는 프로그램 덕분에 호사스러운 세계여행을 하던 당시 그 성당을 만났다. 남아프리카공화국과 세이셸, 브라질도 기항지라, 부모님은 모든 문화(쿠킹 클래스! 낙타 타기! 살사 춤!)에 흠뻑 빠졌다. 학생들은 각 항구에서의 음주 제한에 대한 브리핑을 듣는 데 많은 시간을 보냈다. 토번과 나는 또 다른 기념일을 축하하기 위해 배가 포르투갈 리스본에 정박했을 때 방문하기로 했다.

우리는 포르투갈 가톨릭 건축의 위대한 업적 중 하나인 우뚝 솟은 바탈랴 수도원을 보기 위해 내륙으로 당일치기 여행을 떠났다. 혼자 돌로 된 긴 회랑을 탐험하러 나선 나는, 주 성소에 다다르기 전 화려한 안뜰에 잠시 멈춰 섰다. 그때 저 앞에 아빠가 거대한 아치 길을 성큼성큼 걸어가는 모습이 보였다. 아빠는 몸을 돌리더니 팔짱을 낀 채 다른 각도에서 그것을 평가하듯 바라보았다. 나는 아빠 옆으로 가서 선 다음 그 모든 광경을 만끽하기 위해 시선을 위로 올렸다.

"지겹지 않니?"

아빠는 생각에 잠긴 채 말했고 우리 둘은 웃음을 터뜨렸다.

"저건 파인애플이에요?"

나는 아치 길을 더 자세히 들여다보며 물었다. 내 말이 맞았다. 돌로 된 수백 개의 파인애플. 그리고 돌 얼굴들, 돌 꽃들, 돌 격자들이 벽을 따라 늘어선 각 기둥 사이에 거미줄처럼 드리워 있었다. 수천수만 개의 작은 조각이 돌 위에 빼곡히 들어찼다.

"그래, 맞아! 후기 고딕 건축은 온갖 것에 장식을 더하는 행위가 최고조에 달했던 때로 알려져 있지만 포르투갈 사람들은 한 술 더 떴지.”

아빠는 재밌으면서도 넌더리가 난다는 듯 고개를 절레절레
흔들었다. 포르투갈 함대는 신대륙에서 전리품을 가지고 돌
아와 향신료 무역을 통해 얻은 수익으로 화려한 교회들을 세
웠다. 리스본의 제단들에는 금박을 너무 많이 입힌 나머지 그
금의 무게를 지탱하기 위해 대리석 바닥을 보강해야 할 정도
였다.

“어떤 폭발적인 급증이 있었던 것 같네요.” 잠시 생각한 나
는 동의했다. “포르투갈 사람들이 뭘 더 망쳐 놓았는지 보러
갈까요?” 나는 아빠를 다음 예배당으로 이끌며 말했다.

그곳에는 누렇게 변색된 돌들이 팔각형 예배당을 형성하고
있었고, 아치형으로 된 각 면의 화려한 장식이 장관을 이뤘다.
그것은 지나칠 정도로 섬세하고 아름다우면서도 우스꽝스러
웠다.

“오, 완벽해!”

가까운 곳에서 중얼거리는 목소리가 들렸다. 쌍안경을 목
에 걸고 흰 양말을 종아리까지 당겨 신은 나이 든 남자였다.
그는 흥분한 듯 서성거리며 각 면을 이리저리 훑어보았다.

“오오오, 정말 완벽해!”

내가 바닥의 문양을 확인하려고 예배당 안을 천천히 가로지르고 있는데, 거대한 뱀 그림자가 지나가는 것이 보였다. 깜짝 놀란 나는 고개를 들었다. 머리 위로 구름이 지나가고 있었다.

"이게…."

"아직 미완성이에요." 나이 든 남자가 나를 보고 미소를 지었다. "멋지지 않나요?"

그는 위를 가리켰고, 천장이 있어야 할 자리에 하늘이 펼쳐져 있었다. 일곱 명의 왕이 이 기념비적인 건축물의 건립을 감독했고 그들의 왕조가 안에 묻혔지만 누구도 예배당을 완공하지 못했다.

"건축 계획이 너무 오래 걸려서 결국 완공할 생각을 포기했다는 이야기가 있어요. 하지만 이게 훨씬 낫죠."

그는 마치 내 오랜 친구라도 되는 양, 어느새 내 옆에서 함께 걸으며 말을 맺었다.

"그게 무슨 말씀이세요?"

"모르겠어요? 우리와 똑같잖아요! 이보다 더 인생을 완벽하게 표현할 수는 없을 거예요." 그는 나에게 환한 미소를 지어 보였다. "난 이걸 보려고 여기까지 왔어요. 우리는 절대로 끝나지 않아요. 끝날 때조차 끝난 게 아니랍니다."

그가 흥분한 탓에 숨이 좀 찬 듯 보여서 잠시 걸음을 멈추고 그가 파인애플 기둥에 그 가느다란 몸을 기댈 수 있도록 했다. 그때 아빠가 우리 쪽으로 다가오는 것을 본 나는 아빠가 불만을 늘어놓기 전에 재빨리 입을 열었다.

"아빠, 여기 새로 사귄 친구분이 이 예배당에 대한 감상을 말씀해 주시고 있었어요."

"이건 걸작이에요!"

노인은 새하얀 머리에 씌워진 모자를 벗고 주머니에서 꺼낸 손수건으로 이마를 닦으며 단호하게 말했다.

우리는 말없이 한동안 주위를 둘러보았다. 이제 해가 따갑게 내리쬐고 있었고 노인은 계속 서 있는 것에 좀 지친 듯 보였다. 우리는 그에게 밖으로 데려다주겠다고 가는 길에 벤치에서 쉬면서 가자고 제안했다.

"아, 정말 감격스러웠습니다."

헤어질 때 그는 모자를 살짝 기울이며 말했다.

"생각을 좀 해봤는데요."

나는 천천히 말했지만 아빠는 이미 알고 있었다.

"그래." 아빠는 마지막으로 그 대성당에 시선을 고정하며 말했다. "굉장히 멋지지만 불필요하지 않니?"

우리의 모든 걸작, 우스꽝스럽다. 우리의 모든 노력, 불필요하다. 우리의 모든 일, 완성되지 않았고 완성될 수도 없다. 우리는 너무 많은 것을 하면서도 결코 만족하지 않으며, 시작하기도 전에 끝나 버린다.

이게 훨씬 낫다.

삶에 공식 같은 건 없다.
우리는 살고
사랑받고
떠난다.

감사의 말

유한함은 우리가 사랑하는 사람들과 관련될 때 가장 힘든 법이지만 불행히도 나는 많은 사람을 사랑한다. 나의 영웅들을 소개한다. 토번과 잭, 우리 집에 기쁨을 불어넣어 줘서 고마워요. 언제나 사랑합니다. 엄마, 아빠, 언니 그리고 여동생, 서로 없어서는 안 될 내 사람들. 시댁 식구들과 친척들, 저를 따뜻하게 품어 주셔서 감사해요. 캐럴린, 코리, 루크, 윌, 스티븐, 레이시, 테아, 리아, 세라 맥헤일, 기도로 나를 지켜 줘서 고마워.

투병 기간 내내 일을 할 수 있었던 덕분에 내 삶은 단순히 견딜 만한 것을 넘어 아름다운 것이 되었다. 듀크신학교의

'모든 일이 일어난다'Everything Happens 프로젝트팀에 감사드린다. 제시카 리치, 당신은 하루하루를 더 나아지게 만들어 줬어요. 당신이 없었다면 아무것도 하지 못했을 거예요. 해리엇 퍼트먼, 당신 없이는 우리가 결코 완성되지 못했을 거예요. 데이브 오돔, A. J. 월턴, 사라 혼스타인, 여러분의 재능으로 이 일이 주목받게 되었어요. 그리고 '모든 일이 일어난다' 팟캐스트의 게스트 여러분, 여러분은 매주 저에게 일어난 최고의 일이었어요.

힐러리 레드먼과 크리스티 플레처, 두 분은 항상 믿어 주었어요. 덕분에 저는 실제보다 훨씬 나은 사람이 될 수 있었죠. 많이 아프고 상태가 안 좋은 교수에게 기회를 준 랜덤하우스 팀에 감사드립니다. 그리고 저에게 자존감에 가장 가까운 경험을 할 수 있게 해준 조엘에게 특별한 감사를 전합니다. 헌사에 당신 이름도 넣을까 했지만 그랬다면 당신은 화를 냈을 거예요.

부록

우리가 흔히 듣는 말
그리고 우리에게 필요한 진실

사람들이 하는 말	더 복잡한 진실
버킷리스트를 만들어라.	삶은 끝나도 끝나지 않는다.
카르페 디엠!	그렇다, 낮잠이 필요한 경우가 아니라면.
모든 일에는 이유가 있다.	우리는 불확실함에 당당히 맞서는 법을 배워야 한다.
내려놓고 하나님께 맡겨라.	하나님은 당신을 사랑하시지만 세금을 대신 내주시지는 않는다.
현재에 집중하라.	우리는 정당한 이유로 과거, 현재, 미래를 오간다.
후회는 없다.	과거를 마주하는 것은 미래를 마주하는 일의 일부다.
매 순간을 소중히 여기자.	인생은 예측할 수 없다. 당신은 공인 회계사가 아니라 그냥 사람이다.
모두가 최선을 다하고 있다.	그에 대한 판단은 아직 이르다.
낭비되는 것은 아무것도 없다.	우리는 매일을 잃어 가고 있다. 그러므로 영원한 사랑, 친구, 탄수화물을 충분히 얻는 일은 결코 없을 것이다.
불가능은 없다.	차라리 오늘 무엇이 가능한지 물어라.
당신은 무엇이든지 할 수 있다.	인간이기에 어쩔 수 없는 일이 있다.

NO CURE
FOR
BEING HUMAN